Gå.

Eller kunsten å leve et vilt og poetisk liv
by Tomas Espedal

# 歩くこと、
## または飼いならされずに詩的な人生を生きる術


トマス・エスペダル
枇谷玲子 訳



河出書房新社

# 歩くこと、または飼いならされずに詩的な人生を生きる術　目次

## 第1部

第2部

装幀　大倉真一郎
装画　荻原美里

# 歩くこと、または飼いならされずに詩的な人生を生きる術

父へ

# 第1部

# 1　とある通りからはじめてはどうだろう？

とある通りからはじめてはどうだろう？　私が二年以上、ほぼ毎日、行ったり来たりしている通りと区域から。交通量が激しく、影の差す、労働者住居が両端に建ち並ぶビョルソン通り脇の貧しく、冷たく、狭い舗道を通り、工場地区を抜け、ガソリン・スタンドの前を通り越し、デンマーク広場へと続くこの街で最も薄暗い交差点を行く。陰気な慣習が今なお残るみすぼらしい通り——死にゆく木と、朽ちた家々と、煤塵《ばいじん》まみれの生け垣と、彼女がコットンの上着を脱ぐ窓辺から。

惨《みじ》めな通りから——私の住み処《か》であり、街へと続く歩き慣れた通りから。（今では——街外れの海が見渡せるテラスのある、明るく清潔なアパートに住む今は——ビョルソン通りまでバスで行き、通りを下り、街までかつて歩いた道を行くのだった）通りの右手に技術大学とクローンスミンデ運動場が、左手に高い建物とソールハイム湾が遠くに見えてきた。私は技術大学の前の石の階段にいたコック見習い達の横を通り過ぎた。彼らはまるで頭上の雲とバランスをとるかのように、白くて、ぶかぶかの帽子の下でタバコをふかしていた。長さはまばらで、先があちらこちらを向いた赤と緑の髪から、美容師見習いとすぐに見て取れる人達（少女の一人は、頭に道が通っているかのように額からうなじにかけて、髪を剃《そ》り落としていた）のすぐ隣に、その七、八人のコック見習いが並んで立っていた。私はデンマーク広場に向かっていた。車の喧騒を避けるため、地下道を右に行こうか、左に行こうか？　二股に分かれたその地下道を今日の私は右に進んだが、後に私はそのことに感謝するのだろう。なぜなら、左右に分かれた地下道の右の道をもう少し歩き続け、フォールム映画館のすぐ目の前を通り過ぎ、ストーレルンゲゴール湾に続く丘を行き、アスファルトの上で魚が息絶える橋の上で、太陽の光が交通標識に差すと、私は予期せぬ幸福感に見舞われたからだ。「お前は幸福だ。今、ここで。理由もなく。この瞬間、お前は理由もなく幸福という恵みを受けている」と告げられたかのようだった。他に言い表しようがなかった。私には幸福でいられる理由はひとつもなかった。四日間、飲み続け、四日間、まどろみ、みすぼらしい通りの汚れた家で一人、暮らし、家具もない中、マットレスの上で眠り、ともに生きられると思った女性にも捨てられた私は自己破壊の只中にいた。自己破壊と飲酒と、断固たる醜き自己破壊への苦闘の只中に、急に幸福が訪れた。なぜだろう？　太陽の光が、交通標識に差していたからだろうか？　私は息が切れ、立ち止まらなければならなかった。心の内に、温かで、無邪気な高ぶりを感じていた。思考は再び蘇《よみがえ》り、愚鈍さを失っていた。完全なる身体的体験をし、思考が研ぎ澄まされた私は再び歩き出した。今回は軽やかな足取りで、ニューゴールスホイデン〔ベルゲン大学と歴史ある古い住宅街があることで知られる区域〕と中心街に向かって。

そして徐々に分かってきた。お前《私》が幸福なのは、歩いているからだと。

# 2
# 堕落する《Going to the dogs》

堕落する《Going to the dogs》——四本脚で這《は》って歩き、床に腹ばいになり、傷ついた瞳と顔を下に向けると、棍棒《こんぼう》で叩きつけるかのように容赦《ようしゃ》なく照りつける光、誰かが息を吹きかける傷。彼女が私の血の中で息を吹きかけている。私の頭の中で誰かが息を吹きかけている。誰だ？　近づいて、床を這い、机の下に潜り込み、水たまりのように溜まったアルコールを舐め、丸まって、机の下に横になる。すると半分以上を——腰を、裸足を、そして夜には、ナイト・ドレスの裾を目にすることになるだろう。テーブルの縁から誰かが顔をのぞかせている。それはお前の父、お前の君主、お前の主人だ。美しい背中、汗、シャツ。再び旅立とう。空っぽの部屋、胸が空く程、空っぽなランプ――そう、愛する何か――ランプを愛すること、お前が服を脱ぎ、ランプを消し、お前《私》が知るのは何かを、お前がどうやって知ることができるかを、ただ知っていさえすれば、ベッドに入り、タバコを見付け、テーブルの下に潜り込む。潜り込み、自分自身に溺れるのは、何と素晴らしいことだろう。酒を飲み、忘却に身を任せ、堕落《going to the dogs》し、家に帰る。

　テーブルの下に沈みゆく闇は、部屋で暮らしているかのようだ。月曜と火曜と木曜、お前は犬小屋から這い出、壁際で体を丸く縮こまらせ、コンセントにベルトのバックルのピンを差し込む。ほら！　お前は光を――力を感じただろう。犬《お前》が立ち上がり、ドアの方へ手探りで進み、もがき、跳ね、扉の取手を掴《つか》み、くわえた金属が舌に当たり、ドアを開けろと吠え、廊下に飛び出すと誰かがやって来て、犬を連れ出すのに必要なあらゆる音を立てるのを今、お前は見るのだろう。

## 3　歩き出す前に

歩き出す前に――人生の喜びを挙げてみよう！　酒を飲むこと。酒場でよろめくこと。杯を交わし、タバコの火をつけ、相手のことなどお構いなしに話し続けること。口承で受け継がれる際限ない忘却の流れ。

翌日、這い――町を這い、階段を上がり、扉の向こうへ行き、絨毯《じゅうたん》の上を這い回り、窓を見上げ、見知らぬ子どもと遊び、狂ったように話しかける。

私にとって愛とは、娘を抱きしめ、服と下着とタイツとシャツとセーターを着せ、帽子とコートを身に着けさせ、見送り、やがて保育所から全速力で角を曲がり、階段を下り、アパートへ駆け込み、娘を抱きしめ、セーターとタイツとパンツとシャツを脱がせ、ベッドに押し倒すことであり、人生そのものだった。

寝ること――それは純粋な喜び。

歩くこと――真摯《しんし》な喜び。目覚めること。毎朝、目覚めること、それが人生のひたむきさだ。ひたむきに人生を生きること――それは喜びだ。お前《私》が起きる――それは喜びだ。そんな風にひたむきに生きるためにお前が目覚めると、人生が目を醒《さ》ます。お前だけでなく、ご近所さんも、店も、通りも、音も、亡くなった妻がもはや吐いてはいない空気も。

人生の喜び。愛おしい人生よ。年をとればとる程、人生の喜びは増すだろう。次第に死を恐れるようにもなる。不可思議なことだ。年を重ねる度に賢くなるどころか、無知で、何より愚かな存在と化していく。

　ひとつの場所に長く留まる喜び。家にいる喜び。アパートに閉じこもり、扉の鍵を掛け、灯りを暗くし、ランプと書き物机の前に座り、書く喜び、または書かない喜び。

　私の机への喜び。ものへの、灰皿への、ランプへの、窓への、椅子への、カーペットへの、扉への喜び。物への喜び。どれも人間の手によって作られたものばかりだ。この家もこの階段も、このエレベーターも、あらゆる扉が、正方形も、本も、手紙も、この書き物机も、このペンも、言葉でできている。

　今日は火曜だ。今日になって初めて、私はしゃべる喜びについて考えた。私は考えられることに喜びを感じ、ちょうど今日、書けることを嬉《うれ》しく、今日が火曜であることを喜ばしく思っている。

　旅の喜びを忘れたことはない。移動し、車に乗り、動かずに、怒《ど》濤《とう》の勢いで疾走する高揚感。私は速く、速く、遠くへ、街を出、暗闇の中を走るのが好きだ。夜に街を出、また戻ってくるのが好きだ。もしくはバスやボートで、ほんの先まで、同じ経路を行って帰ってくるのが。一番好きなのはフェリーか電車だ。フェリーや電車は、運行予定が変わることは決してない。

　私達は忘れる。本質的なことを。朝、目覚め、起き上がり、キッチンに行き、水を飲める喜びを。

冷たい水を！

お前は覚えているだろうか……。床から起き上がり、立ち、よろめきながら歩く満足感を、何かが突然できるようになった時の感覚を、部屋から部屋へと歩くことができた幼子の抱く喜びを。

いや、私が一番好きなのは、歩くことだ。

今日は火曜だ。出掛けよう。飲みに繰り出そう。馬鹿馬鹿しい喜び。よろめきながら歩き、言葉とバランスを失い、つんのめり、這う喜び。まるで子どもに戻ったみたいに。

# 4　どうしようもないリビング

西広場《ヴェストレ・トルグ》通りを挟んで私が子どもの頃に暮らしていた家の真向かいに、ゲストハウスがある。中にはバーがある。私は二年間、ほぼ毎晩、このバーで酒を飲んでいる。窓際のテーブルから、私が子どもの頃、バーの灯りを見下ろしていた生家の窓を見上げることができる。

私達の生活は、数箇所の決まった場所の周辺で展開されていた。私はそのうちのひとつに戻ってきていた。通りに。その通りは険《けわ》しい坂になっているのだが、坂を上り切ると、ヨハネス教会に続く階段が見えてくる。ゲストハウスは通りの左手に、私が幼年時代を過ごした生家は右手にある。生家の入り口の扉の外には、四角形の小さな菜園と一本の木がある。恐らくブナの木だろうが、日記にはアスペンの木と書いておいた。ゲストハウスの玄関扉の中には、馬の蹄鉄《ていてつ》の形をしたバーがあり、ここに私の新しい家族がいる。そうだ、本当に家族団欒《だんらん》のようだ。そこには私の飲み兄弟や母や父がおり、ここに私の姉がいて、ビールと紙巻きタバコを差し出すのだ。だが私は一人でいたかった。一杯目のビールを一人、グラスとバー・カウンターとバーテンダーに耳を澄まし、眺めながら、一人で飲みたかった。お決まりの昔話を聞き、お決まりの顔を見て、別の誰かになりたかった。

お前は何になりたい？　お前は誰に会いたい？　お前はどこに行き着きたい？　これから何が起きるだろう？　何が起きようとしているのだろう？　バーに赴くのは、旅に出るようなものだ。酒を飲むのは、椅子から立ち上がらずして、旅するようなものだ。

「闇は道で、光は場所だ」と英国の詩人のディラン・トマスは書いた。私は暗闇の中に下り、バーの中で私の定位置を見付けると、ビールを注文した。一杯目はうまい。二杯目は最高だ。三杯目は一杯目に輪をかけて美味で、四杯目は素晴らしく、五杯目も同じく乙《おつ》だ。以降は舌《した》鼓《つづみ》を打つためでなく、飲むために——酔うために飲むのだ。良質で緩やかな忘却よ。ワインやスピリッツのようではない。そんな不寛容で騒々しいものじゃない。私達はここに長い間、座っていなくてはならない。これにはある種の芸当がいる。座り、飲み、一晩中、夜にかけて。動き出すまで、身じろぎせずに座っておくことは、ひとつの奇術だ。ゆっくりと、力を抜いて、お前《私》自身から旅立つ。

ひたすら考えればいい――お前は一生、一人で生き続けるのだ、と。お前は新しい恋人を見付けることも、家族や友と別れることも、どこか遠くへ旅することも、新たな町、新たな場所を見付けることも、所有物を売ることも、気に入らないものを全て切り捨てることもできるが、生きている限り、お前は絶対に、自分を切り捨てることはできない。

人生には、自らにこう語りかける時期がある。「お前はどうしようもない人間だ」と。人生には、自堕落になる時期もある。溺れる時期が。お前は飲み、溶け、沈む。お前は底に辿《たど》り着こうと、必死になる。お前は下に行こうとする。お前は転落しつつある。この破壊行為の報酬は、快楽だ。

私が酒を飲むのには、より明快な理由がある。アルコールが好きだから。それに、このバーが好きだから。ここにいると落ち着く。よいバーだ。バーはよい場所だ。酒を酌《く》み交わす場所。バーは卑猥《ひわい》な家であり、どうしようもない部屋でもある。

今日は火曜。最高の晩だ。その場所は人で一杯だ。私は密なのが好きだ。より低い階級に、ある種、下層に堕ちること。酔いどれの社会に。時刻は深夜過ぎ。火曜でも、水曜でもない。

飲みの時間だ。消える時だ。友人から、新たな家族から、お前《私》の知らない何もかもから。お前はバーで飲む。お前は群衆の中に身を投げ出し、誰にも気付かれず、完全に底に沈み、消える。

## 5　消える夢

消える夢。いなくなる夢。ある日、扉の外へと出ていき、二度と戻らない夢。

他の何者かになる夢。友や家族と別れ、お前自身と別れ、別の誰かになる。あらゆる人との関係を断ち、家や慣習を捨て、所有物や安全、未来の計画やよそ者になってやるという野望を放棄する。

　髭《ひげ》も髪も伸び放題で、目元を隠し、眼鏡や中古の服や擦《す》り切れた靴を買い、むくんだ顔と黒ずんだ手で、慣れ親しんだ土地でうごめき、お前がいなくなった後の光景を目《ま》の当たりにする。

化身《けしん》の夢。

ある朝、お前《私》がベッドで目覚めたら、見知らぬ顔がある時のように。お前が自分の名前を呼び、その名が空虚に思える時。ベッドから起き、部屋を出て、あるはずの照明のリモコンが見付からず、ナイト・ボードが消え、壁が様相を変え、天井が低くなり、ベッドの右手にあるはずの扉が左手にあり、開け放たれている。窓はどこにあるのだろう？　お前が全く見たことはないのに、夢か前世で見覚えのある景色、またはお前がいずれ見付けると知っている人生に、お前がいずれ見付けると知っている場所に通じる裏庭を望むための窓は？　今、お前はその窓辺に立ち、外を眺めている。その瞬間、お前は幸福だ――自分が何者かを忘れられて。

それとも夢は悪夢に増幅するのか。通りの端にお前は立ち、通りの向こうに、あらゆる者の中で最も恐れる人物を見る。お前はお前自身を見ている。お前はその人物の後を追わずにいられない。お前が知り、お前自身のものである道や区域を彼が通っているのに気付かずにはいられない。その人物は家に向かう途中だ。お前の道を、お前の家へ。郵便受けにはお前の名がある。その人物がお前の手紙を読む。その人物はお前の習慣をよく知っているようだ。その人物はお前の居場所を奪った。それは明らかだ。お前は何をする？　何がしたい？　お前は消えたいのだろうが、お前はいつだって取って代わられる。お前はすでに取って代わられているのだ。そして今、明らかに、お前は痛みに満ちている。お前がお前自身とお前自身の所有物といかに緊密に結びついているのかを目の当たりにして。

　もしくはお前《私》が暗闇の中でのぞき込み、死にたくなる夢の裏側――黒い鏡。お前はどうやって、ここに辿り着いたんだ？　お前はベッドへ、もしくは窓の方へと一歩踏み出す。お前は通りに身投げし、悲惨な最期を辿るべきか。それとも、ベッドの上で横になり、瓶の薬を飲み干すのか。お前はどうしたい？　お前はどうやってここまで来た？　頭の中でひとつ目の叫び声がする。二つ目の声は頭の中で、三つ目は胸で、四つ目は腹の中で。やめろ――だがお前は窓辺に近づき、通りを見下ろす。街灯が点《とも》っている。夜だ。お前は一張羅に身を包んでいる。シャツにアイロンがかかり、髪を櫛《くし》で整え、髭も剃られている。旅に出るかのように。最後の旅だ。旅することで、私はどれ程、疲弊したことだろう。家にいることで、私はどれ程、くたびれたことだろう。何もかもに私はどれ程、疲弊したことだろう。そうだ。私はこの場所に、窓辺に、またはベッドに、諦めようという思いに、どうやって辿り着いたのだろう？　私は甘くてべたべたしていて、無防備で、野ざらしで、みっともない姿で、通りで発見されたくはなかった。私はベッドを選び、ベッドへと歩いていき、その上で横になる。口で、首で、両方のまたは片方の手で、やめろ！　という叫び声がする。

　または消えてしまいたいという夢。新しい何かでなく、カブトムシでなく、花でなく、より背が高くも、低くもなく、かといって無でもない。ラザロ〔『新約聖書』の「ヨハネ伝福音書」に登場する人物。イエスの親友で病死した後、イエスの力で蘇らされた〕についてのキリスト教の夢の中のように。再生するために。新たな生命体として目覚めるために。自分自身からも、他の人達からも認識されるように。それでも生まれ変わったのだ。新たな人に。

それはいにしえの夢。人類と同じぐらい古い。存在することの危うさのように。己《おのれ》であることへの不満のように。いや、今の私で十分だ。もう、いい。私はもう耐えられない。そしてゆっくりと無気力になっていくような、嘘にもくたびれ切った真実にも。私は全てを目にし、耳にし、行動した。

退屈。良質で静かな類《たぐ》いのではなく、息が詰まり、吐き気を催し、恐怖に満ちた。巨大な、全てを包括した、空虚な、無意味な虚無。

今日、私は信じる心を失った。新しい何かを信じる心を。

残されたのは、ループする自分自身だ。

喜びはどこへ行くのだろう？

お前自身を反復する喜びは？

目覚め、顔を洗い、鏡の中の自分自身を見つめ、着替える。朝食を食べ、書き物机の前に腰かける。日課——何か新たなものを、新たな言葉を、新たな文章を、新たな書物を探すために苦悶すること。

ひとときがそなたの下を訪れたことは一度もないか？

神聖な閃光が、突如として、これら全ての泡を、流行を、富を凝固させ、破裂させる
のか？
これらの――書物、政治、芸術、情事は
一切何をも目的としないのか？

そうウォルト・ホイットマンは書いた。そしてまさに八月十九日木曜の今日、午前八時四十三分、その〝ひととき〟が、二度目に私の下を訪れた。一度目の時は、私は何をしたのだろう？　私は書くのをやめた。四年間、書かずにいた。田舎に引っ越し、結婚し、子どもを儲け、慎ましやかな生活を送ろうとしたが、できなかった。

私は結婚生活にも、田舎暮らしにも耐えられなかったのだ。書かずにいることにも耐えられなかった。私は私であることをやめられなかった。別の誰かにはなれなかった。私はかつての生活に焦《こ》がれた。一人になりたかった。本を書きたかった。私は一人になることで、かつての生活を取り戻した。かつての多忙さを。新たな情事を。新たな夢、新たな旅、新たな流行、新たな金、新たな書物を。新たな断絶を。しかし、新たな人生は決して手に入れられなかった。お前《私》は新たな人生をはじめられると思うのか？　私には分からない。全てがばらばらな、完全なる無と化した今、どうしたらいいか、分からないんだ。

恋人よ。

今日、君の下を去ろう。

## 6　人間関係を手放すこと

人間関係を手放すこと。ペンッティ・サーリコスキ[*1]は、『妻への手紙』[*2]の中でこう書いた。「私はそこでともに暮らした女性を確かに愛していた。それでも私は彼女と生きられなかった。彼女は歩くのがひどくゆっくりだった。私はいつも、通りを歩く時、彼女の二メートル先を行った。だが彼女は決して私に怒りはしなかった」

確かに君はいつも私に怒っていたね。私達は常に手を繋《つな》ぎ、並んで歩いた。なのに私達はいっしょにいられなかった。いや、そうなのだろうか？

＊1　一九三七年生まれ。フィンランドの詩人。モダニズム詩人として出発したのち、政治や社会に対する諷刺的な作品を著した。口語を用いた力強い表現で高い評価を得る。一九八三年没。

＊2　*Kirje vaimolleni*　未邦訳。

私は外に出て、後ろ手に扉を閉めた。朝だった。どこへ行こうか？　右か、それとも左か？　一番手っ取り早いのは、ゲストハウスに続く道をまっすぐに進むことだが、私は手っ取り早いことを望まない性質《たち》だった。もっと別の、より困難で新たなものを望んでいた。だが私が望むものとは何だろう？　私は一人になりたかったし、一人になりたくなかった。そんなことを思いながら、いつものように、ベルゲンの中心街がある方の左手ではなく、右へ曲がり、街から遠ざかった。ポケットに金を忍ばせて。私は自由人だ。もう君に会いたくなっている。私は誤った方向を行き、街を出、いつでも引き返すことはできたが、まっすぐに歩いた。私はこれまで一体どれだけの人間関係を手放してきただろう？　晴れ渡る青い空。私が別れの手紙の中で書いた〝歩く〟という文字のようにかすかな雲。一日がはじまり、暖かくなり、和《なご》やかな向かい風と私の中の何かが、そよいでいた。私はビールを飲みたかった。あと一時間すればゲストハウスが開く。よい場所だ。私は自分の習慣をよく知っている。私は誰かを驚かせはしない。私は街を出、公園を通り、ベルゲンフス要塞のそばの敷石に辿り着いた。太陽が輝いている。刈りたての芝生から、愛すべき香りがする。風の一吹きで、ふいに喜びが訪れる。並木道の木々。木々は、公園が様相を失わないと、世界が意義を持ち続けないと、確信しているのだろう。木の葉が色を変え、秋がやって来ようとしていた。私は冬に、もしくは春へと向かっている。今は夏だ。晩夏だ。八月に手紙を書く人もいる。だが私は書きたくなかった。言葉も説明もなしに、静寂の中へと消えるのだ。私に説明などない。

君を愛しているよ。

ベルゲンフス要塞へと続く石の階段は、小さな木の橋が塀の外にある。それにニューエ・サンドヴィーク通りに続く小道も。フェンスの陰に、二頭の闘犬が。獰猛《どうもう》な獣の一頭に飛びかかり、喉を噛み切ってやりたいという衝動が私の内に目覚めるのを感じていた。そして恐怖を覚えた。突然の嫌悪――獣と私の嫌悪。嫌悪するものを私は嫌悪した。だが犬の前を通り過ぎると、気分がよくなってきた。口笛を吹いた。ピー、ピュー。ピー、プー。

私はそこを何度も曲がったことがあった。だが今日、ここに来たのは初めてだった。そんな風に感じたのだ。私はこの道を引き返すことはないだろう。恐らく私は警戒していただろうから。今日、私は曲がり道を見つめ、一メートル、一メートル、一歩、一歩、細かく辿った。それは私の曲がり道だった。踏みつけられた葉、小石、干からびたカタツムリ、ぺしゃんこになったアマガエル、小さな蹄鉄。お前《私》は正しい道を進んでいる。よく見知った、新たな何かに、お前は向かっている。扉の向こうに後ずさりするように。それはお前の家だ。お前の迷いだ。お前の通りだ。お前はまるで影のように、私を追ってくる。私達は並んで手を繋ぎ、それぞれの街へと、別々の方面へと進むのだ。君に会いたい。だが今、曲がり道は終わり、通りはまっすぐになり、ひどく力強い川のように、ひたすらに延び、やがて二股に分かれた。自分が何をしたいのか、私には分からなかった。だが通りを下る代わりに、上った。右に曲がると、アマリー・スクラム通りに出た。私はそこである哲学者の下に一年、身をよせたことがあった。歩くことを私に教えてくれたのは、その哲学者だった。彼は一軒家での暮らしを私に教えた。私は一軒家を好きだと思ったことは、ただの一度もなかった。大き過ぎて、手に余る。一軒家は手がかかるし、厄介だ。一軒家は住みこなさなくてはならないものだ。暮らすことを学ばなくてはならない。私は学びたかったが、暮らしたくはなかった。そのことについて、君と意見を戦わせたことがあったね。君は広い一軒家で暮らしたがった。私は一軒家で暮らす時間などない、と言った。一軒家は私を脅かすとも。扉が、広過ぎる部屋が、無用な家具が、かわいげのない窓が。私は小さなアパートで育った。両親は多くの時間を仕事に費やしていたので、新しい、モダンなアパートに暮らしていた。仕事しない時は、両親は休まなくてはならなかった。セントラル・ヒーティングに、リノリウム、羽目板に、管理人。利便性により、休息がもたらされた。住まうことについて考えずにいられるようになった。人は暮らし、働き、休む。私はそのアパートにいた時は幸せだったと言った。だが君は一軒家に暮らしたいと言った。私はやはり、薪《まき》を割り、暖炉に火をくべ、壁を壊し、別の壁をこさえ、床板を張り替え、扉を直し、窓を交換し、家のペンキを塗り替えなくてはならなかった。庭仕事をし、家具を移動させた。広い一軒家で、私達は所在なかった。一軒家に暮らす間、私は一語も書かなかった。私に必要なのは、数時間、何もしないでいることだった。計画もタスクもない、まとまった数日間が必要なのだ、と私は言った。私に必要なのは、小さな部屋——欲を言うなら、小屋だった。書くことのできる小さくて、涼しくて、誰にも邪魔されない部屋。だが私達の一軒家に、そんな場所はなかった。広い一軒家で暮らしたその期間、私は哲学者の家を間借りしていた。哲学者は大邸宅に一人、暮らしていた。誰か私に間違った道を歩んでいたと教えてくれてもよかったのに。私はカフカの門下だった不運な測量士のようになっていたのかもしれない。だがその哲学者の主な関心事は、よい暮らしへと私を導くことだけだった。私は思考の質と書くことと住まう家の大きさには、何の関係もないことに密《ひそ》かに気付いていた。むしろ、逆だったのだ。広い家は、大それた思想を生むかもしれないが、それが必ずしもよい思想とは限らない。決して。大きな家はむしろ私にちんけな思想をもたらした。コーヒー・テーブルはどこに置こうか？　とか、家の外壁はいつが塗り替え時だろう？　とか。どのペンキで塗ろう？　とか、どの業者に頼もう？　とか。住宅ローンを支払うために、どんな本を書いたらいいだろう？　犯罪小説はどうか？　話のネタには事欠かなかった。私はともに暮らしていた女に殺意を抱いていたのだから。私が歩くことを覚えたのはその頃だった。歩くことはある意味、一軒家での暮らしの逆だった。これは確かに拡張された、自発的に、または強制的に歩く放浪にも当てはまった。望んだにしても、望まないにしても、家なしであることに変わりはなかった。もう長いこと私は、あの情け容赦のない無情な家から、あてもなくただ遠ざかるのを望んでいた。哲学者は毎日、オフィスと屋敷を行き来していた。そうすることで頭が冴《さ》えるのだそうだ。歩くことで、思考回路が働き出し、例えばオフィスなどにじっと座っている時よりも、優れた思考が生まれた。

彼は大半の時間を、オフィスで過ごした。私は彼の暮らす家の、彼の書き物机の前に腰かけた。私は歩きたかった。往復するのではなく、一方向へ、なるべく遠くに行きたかった。そして今、数多くの小さな遠回りを繰り返し、彼の家の前を通り過ぎ、まっすぐ進み、丘を登り、サンドヴィーケン病院と、母がかつてマドラン医師や、リーエン医師や、一時的にオーセ医師の医療秘書として働いていた〝マッテン医師の病院〟と呼ばれていた建物の横を通り過ぎた。私は母から医師への——とりわけ精神科医への敬意の他に、書くことも学んだ。タイプライターをくれたのも母だった。医療秘書の仕事に使っていたもので、一体何通の日報や報告書がそのタイプライターで書かれたのかは知らないが、その機械には独特の狂気が潜んでいた。母が亡くなって私は判断力がいよいよ鈍ってきて、ロンドンまで飛行機に乗り、スウェンジーまで列車に乗り、ラーンへ行き、へべれけになるまで酔っ払おうと、ブラウンズ・ホテルのバーのスツールに座った。それは神秘的で、絶望的な旅だった。母の葬儀中、私はディラン・トマスの詩「あの良き夜に大人しく入ってはいけない」を読んでいた。数日後、私は飛行機に乗っていた。どうやって事態を切り抜けられるか分からなかった。純粋な絶望から、かの詩人の足跡を辿ったのだった。病院からはシッテル通りに続く小道が延びていた。サッカー場の横と、古い生協の横を通った。低いアパート二棟と子どものいない遊び場。停められた車、刈りたての芝生、アスファルト、階段。静かだ。これらのアパート全てに独特の静けさが漂っていた。杖《つえ》を持った人影が、妻に先立たれた男のようにアパートの階段を上っていった。管理人のオスベルグだと分かった。彼の住まいは五階に、私達は今では扉に「ラーセン家」と書かれたアパートの十一階に暮らしている。テレビ番組に出ていたルーネの父親、ヨアキム・ラーセンのことだ。高層アパートの下には、裏庭に続く地下道があり、階段を下りボイラー室と物干し場を通り過ぎると、急な坂がヨムフルー池で二股に分かれた。小道を下ると、ランゲ湖があり、オーサネ地区への古い郵便道路があった。その道路は途中二、三箇所、郊外へ向かう車で渋滞することがあった。橋を渡る。農園を通り過ぎる。歩くことで思考が冴えるわけではないが、頭の使い方が変わってくる。私は何を考えているのだろう？　空腹の私は、食べものを欲していた。オーサネのショッピング・センターへ買いものに立ち寄り、リュックサックと、良質な登山靴と衛生用品と、『新エロイーズ』[*3]を一冊買った。遠くまで歩くことにしたのだ。

＊3　一～四、ルソー著、安土正夫訳、岩波文庫、一九六〇～六一年。

# 7　孤独な散歩者の夢想

ジャン＝ジャック・ルソーからはじめてはどうだろう？　ルソーは『告白』[*4]の中でこう言った。

> 徒歩で一人旅した時程、完全に存在し、徹底的に生き、ありのままの自分でいられたことはなかった。歩くことで、思考は刺激され、新鮮になる。ひとつの場所に根付くと、私はほぼ全く考えられなくなる。頭を動かすには、体を動かさなくてはならなかった。美しい、田舎の風景――心地よい景色の連続、旺盛な食欲、歩くことで私が得る健康――宿屋の自由さ、あらゆるものとの距離により、私は状況にいかに左右されるかを思い出させ、私の魂を解放し、私の思考を大胆にしてくれる……

歩くことと熟考することを最初に結びつけて考えたのは、ルソーではないが、彼は、歩くことはとどのつまり何なのかを初めてつきつめて考えた重要な作家だった。ルソーは歩くことにロマンチックな価値を与えた。歩くことで自然に――本来の姿に近づけ、幸福を――

純粋な幸福の感情を——自由を感じられるとした。歩く者は、自由を知っている。自らの行く道を選べる。徒歩で動くことは、頭にも体にもよい。一番よいのは、街を出て、自由な場所へ、田舎へ、自然の中へ出ていくことだ。歩くことで思考が解き放たれ、食欲が旺盛になる。だが何を食べよう？　ルソーは自然の友であり、スポークスマンだったが、菜食主義者では決してなかった。彼の文章には、酒場やよい酒やよい食事が出てくる。つまり我々は自然に囚《とら》われているわけでなく、自然の意思から遠く離れたところにいるのだ。言い換えるなら私達は狭間《はざま》にいる。そしてその狭間とは、ロマンチックな場所だ。私達は街を出て、徒歩旅行を楽しんできたが、完全に素のままの手つかずの自然に辿り着くのはまだかなり先だ。私達の暮らす場所は街とその対極——未開の地との中間だ。この狭間の地では、人は知識や教養を問われることなく、自由でいられる。私達は劇場や博物館や、現代の醜悪な生活に美を添える芸術から離れる。だが我々は、暖かな家や夜の日記の時間に戻れない程、遠くに行ったわけではない。私達は理想の地にいるのだ。心地よい景色が他の景色に取って代わる。私達の瞳に、街は映らない。農場や、小さな納屋のある耕地を見渡す。ここには宿屋と、時計台を備えた教会がある。ルソーは書いた。「完全なる静寂は悲しみに通じる。それは死のイメージだ」いや、私達には、畑と畑の間を流れる小川のせせらぎと鳥のさえずる声が聞こ

＊4　〈上・中・下〉、桑原武夫訳、岩波文庫、一九六五～六六年。

える。向こうで群れの羊が草を食《は》んでいる。その程近くには、馬や牛も見える。だが最も美しいのは、孤独な放浪者がボートを停泊させている小さな湖を見渡す景色だ。彼は一人、オールを漕《こ》ぎ、ボートの底に数時間寝そべり、うっとりした気分で、ついにはこう叫ぶのだった。「ああ、自然よ！　愛しき自然よ！」

ルソーは自然を愛した。自然はある意味、ルソーの恋人だった。彼は女性を愛するように、自然を愛したのだ。ルソーにとっての自然は、概念に他ならなかった。自然は、汚《けが》れとも問題とも、諍《いさか》いとも不純さとも無縁だった。ルソーにとって自然は、人間にとってよりよい、より根源的な場所だった。ルソーは自然を街や彼が何より嫌悪していた議論と虚栄心、社交と芸術のない場所と見なしていた。ないのは、通りや喧騒、忙しさや、商人や弁護士、ジャーナリストや芸術家といったあらゆるまがい者。ないのは、産業や科学技術。これらがなければ、人はありのままでいられる。「産業も、演説も、路傍も、戦争も、拠《よ》って立つところもない中で、森をさまよい歩いた。他者を必要とせず、他者を傷つけたいという願望も抱かずに」

ルソーによると、放浪者というのは平凡で、温厚な人達だった。放浪者は自由だ。街を捨て、家族や義務を捨てた。仕事にも別れを告げた。責任にも別れを告げた。お金にも別れを告げた。野心と未来を胸に、友人や恋人とも別れた。放浪者は実は反逆者なのだが、今、反逆にさえ別れを告げたのだ。彼は——浮浪者は、一人、森を彷徨《さまよ》い歩く。荷物は多く持たずに道を歩き、世界と可能性を手に入れた。必要なものは背中のリュックに入れて。
ルソーは宿屋を後にした。反逆者であり、自然愛好者であった彼は、長いウールの靴下と、短いズボンの上にライト・ブラウンの長いファスチャン地[*5]のコートを着ていた。彼は薄手だが、質のよい靴を履いていた。彼は宿屋を後にしたのだった。今、彼は家に引き返すべきか、もう少し先を行くか、決めなくてはならなかった。ルソーは引き返し、家と書き物机に戻ろうとした。家に――金持ちの友人から借りたちょっとした城に戻ると、すぐさま、窓のそばの書き物机の前に腰かけた。そこで彼は『孤独な散歩者の夢想』[*6]を書いたのだった。

さておよそ人間として経験できるこの上なく奇怪な境遇にある私の魂の平常を描く計画を立てた私には、私の孤独な散歩と、その折々の夢想を、頭を完全に自由にし、何の抵抗も拘束もなしに思考が流れるままに身を任せた時の夢想を忠実に記録する以上に簡単で確実な方法は思い当たらなかった。一日の中で、このような孤独な夢想の時間だけ、私は完全に私自身でいられた。気をそらされることも邪魔されることもなく、私自身のものであり、自然がさもあれと望む私でいられたのだ。

＊5　木綿、または木綿と羊毛を用い、短いけばを立てた綾織りの丈夫な布。
＊6　今野一雄訳、岩波文庫、一九六〇年。

# 8　職に就けていたらよかったのに

ヴォルテールはこう書いた。「ルソーの作品を読めば読む程、四本脚で這い回りたいという、抑えがたい願望に取り憑《つ》かれるようになる」

私達は自然に還《かえ》ろうとしているのだろうか？　生まれたままの姿に、動物に。いいや、おかしくも何ともない。冗談ではなく、真剣な話をしているのだ。私達は伏せたいのだろう。四つん這いになって、堕落したいのだ。直立することを——私達が抗《あらが》ってきたことを全て忘れ、四つん這いになりたいのだ。

オーサネ地区には、食事処がある。ちょっとしたつまみや安酒、寄木《よせぎ》張りのぼろぼろの床の上にテーブルが四つ、つけると余計に暗くなるランプのある、いわゆる小居酒屋という類いの、そばを通りかかるや立ち寄らずにいられない場所だ。

ウェイターは知り合いだ。クリスチャンという名のチリ人で、何年も前に私がノルウェー語を教えていた教え子だ。美男子で、女性のこと以外は頭になく、何の役にも立たない奴だと当時は思っていたが、今、彼はこうして仕事をしている。さぞ誇らしかろう。クリスチャンはビールのグラスを理由もなく激しくテーブルに置くと、尋ねた。「先生はどこで何をしていたのですか？」

　言われてみれば、私は一体何をしてきたのだろう？

思考が均一に立ち上がっては、途切れる。私は職に就くべきだった。これまで一度も職に就いたことはなかった。私は他人と違う選択をし、現実に抗い、本を書き、世に出してきた。旅をし、酔狂なことをしこたましてきた。だが、職に就いたことはなかった。お前は職業生活の秘め事を知らないのだ、と私は自分に問いかけた。社員食堂での雑談や会社での飲み会、企業研修、同僚！　祝日もお前には関係ない。誰から雇われることも、解雇されることもなく、出世することも、降格することも、追い出されることも、引き止められることもなく、要するに、常に自分が自分の主《あるじ》だった。

　仕事か。やるなら今しかない。人生も折り返し地点に差し掛かり、今日か明日にでも、いや、少なくとも気が変わらないうちに、チャンスをものにしなくては後の祭りとなり、列車は――職業という名の列車もしくはバスは、行き過ぎてしまうことだろう。そして奇人のように――愚か者のように――会社でも事業でも居場所を見付けられない男に成り果てるのだ。

　だが、どの職にしようか？　ジャーナリスト？　弁護士？　広告代理店勤務、それとも営業職？　駄目だ、どれも就けそうにも、耐えられそうにもない。金、金、金の世界。道徳も分別もない。この世には、不道徳な職業が多過ぎる！　じゃあ、郵便配達や、バスの運転手、または教師は？　いいや、俳優や政治家や編集者に惹かれるように、それらの職業に就きたいと思ったことはないと、お前は認めざるをえないだろう。話はまだそこからだ。実際、お前《私》が職業を望みはしても、お前が望むような職業は存在しないのだ。

　さあ、お前はどうする？　お前は考える。今度は別の観点で考えはじめる。お前は新たな願望を抱くことだろう。お前が望むのは何だ？　お前が一番好きな物は何だ？　それを職業にできるかい？　ああ、もちろん。考えるのが好きな人は、哲学者を名乗るためなら、できることは何でもする。執筆を愛する人間は、作家を名乗るためなら、できることは何でもする。だがお前はすでに作家で、哲学的野心などいささかも持たない。書くこと、考えることの次にお前が愛するのは、歩くことだ。それをお前の職業にすればよいではないか。放浪者に、徒歩旅行者になるのだ。いつの時代にも、流しはいた。だがそれは今では、絶滅した職業かつ存在と化してしまった。少なくとも福祉国家のノルウェーでは。そしてお前は考えるだろう。誰かがこの職業を守るべきだと。誰かが責任を負うべきだと。誰かがこの自由を、この誇りを守り、この職業とその価値を取り戻すべきだ、と。そうだ、お前はなるのだ。徒歩旅行者に。

# 9　大道を行く

## D・H・ローレンスは何と書いただろう？

　大道。魂の偉大な家は、大道である。天国でも、楽園でもなく。私達の内にも。〃上〃にも、〃内〃にさえない。魂は〃上〃にも〃内〃にもないのだ。魂とは、大道を歩む旅行者だ。瞑想によらず。断食によらず。偉大な神秘家がするように、心の中で空へと探索するのでなく。疲弊するのでなく。高揚によらず。エクスタシーにもよらず。これらの道を辿っても、自らに通じる魂に行き当たらない。公道を下るしかない。慈愛の念をもっても。犠牲を払おうと。愛をもってしても、辿り着けない。よい仕事でも。これらのどの方法でも、魂はその本来の姿になりえない。それをなしうるのは、大道を行くのみだ。慈善によらず。犠牲によらず。愛にさえよらず。善行によらず。これらによっては、魂が自己実現を果たせないのだ。それを果たせるのは、大道を行くことだけだ。大道を行く旅そのもの。全てにさらされ。二本の遅い脚で。大道を行くあらゆるものと出会い。同じ道を同じ調子で、漂う者達と共に。どこを目指すでもなく。いつだって大道を行くのだ。

この意気揚々とした賛歌は、哲学者の論証に堪えた。セーレン・キルケゴールはこう書いた。

歩きたいという欲求だけは失うな。私は毎日、歩くことで、健康になっていき、あらゆる病が縁遠くなっていった。歩くことで私は、最良の思考に行き着いた。重すぎて、立ち去れないような思想とは無縁になった。じっとしていると、心が蝕《むしば》まれていく……。なので、歩くのをやめさえしなければ、全てが順風満帆なのだ。

またルートヴィヒ・ウィトゲンシュタインは、世にあまり知られていない日記の中で、こう書いた。

キリスト教では、こう言われている。【汝《なんじ》、ここに留まるなかれ】座っていないで、歩けと。ここから離れなければならない、しかしここから突然に引き離されるのでなく、肉体が死すると同時に、死ぬのだ。ここで問われるのは、この生をお前がどう歩むかだ。（すなわち、これこそお前の問いであるべきだ！）というのも、例えば私の仕事は、ただこの世に居座ることのひとつに過ぎないからだ。だがその間、私はただ座っているのでなく、歩かなくてはならないのだ。

アリストテレスの時代にはすでに、考えることと、歩くことを結びつけるという伝統がギリシャで生まれていた。アリストテレスはリュケイオンという学校の、柱と柱の間の通路を歩き、教えていた。学生らは、ギリシャ語で歩くという意味を持つ peripatein という言葉にちなみ、逍遥《しょうよう》学派（peripatetic）と呼ばれた。ソフィスト達は街から街へと歩き、修辞学を教えた。ソクラテスは城壁の内外を歩き回っていたことで知られ、歩いたり、話したり、周遊したり、話をしたりするのが好きだった。しかしいよいよ思考にふける際には、足を止め、長いこと立っていた。ある時など、一晩中、じっと立っていたこともあった。ストア派という言葉は、アテネの柱廊にちなんで名付けられた。その stoa《ストア》〔柱廊の意〕で、人々は歩きながら議論した。考えることと歩くことを最初に結びつけて考えたのもまた哲学だった。イマヌエル・カントは夕飯の後、毎日、ケーニヒスベルクを歩いた。ハイデルベルクには、ヘーゲルがよく散歩していたと言われる道にちなみ、「哲学者の道」（Philosophenweg）と呼ばれる有名な道がある。散歩の道すがら、新鮮な空気の中で浮かんだ思考でないと、いささかも信用できないというニーチェの言葉が思い出される。だが詩人らもまた歩き、歩くことについて書いた。ダンテが道に迷ったのは、有名な話だ。『神曲』はひとつの徒歩旅行であり、オルフェウスの冥界への降下をキリスト教が引き継ぎ、それをトルバドゥール〔中世のオック語叙情詩の詩人、作曲家、歌手の総称〕が再現したものだった。そして放浪をしたのは、まさに詩人達だった。ヘルダーリンの徒歩旅行、ワーズワスとコールリッジの湖水地方やヨーロッパの徒歩旅行、ランボーが故郷の町を離れ、熱狂しながらフィレンツェをジョギングしたことや、ノルウェーの詩人、A・O・ヴィンイエ[*7]が様々な山を散歩したことを思い出せば十分だろう。シャルル・ボードレールは、町の散策者であり、全ての放浪者の父だったが（ボードレールが暮らす賃貸アパートの外の通りを、彼が寝間着で歩いているのをしばしば目撃されていたと言われている。詩人ボードレールはパジャマ姿で通り沿いを歩き回ることで、外の世界を内の世界に変えた。彼は通りはわが家だという考えの持ち主だったに違いない。また彼の部屋は外のように、人々が行き来し、友人や見知らぬ人や女や男が四六時中たむろしていたとも言われている。アパートを通りに変えるという考えは、ボードレール好みだったに違いない）、私達の時代にブルース・チャトウィン程、長時間、長距離、歩いた作家はいない。彼はその作家人生でずっとノマドについての本を書くことを夢み、彼の主要作と考えられている作中の《ノートブックから》で、旅する（travel）という英語は、フランス語の職業（travail）と語源を一にすると指摘した。

職業。ようやくその話に戻れた。ブルース・チャトウィンにより、歩くことは職業に変わったのではないか。申請も書類もいらない。いつであろうと、ただ扉から通りに出、二本脚でゆっくりと、大道を、どの方向であろうと、まっすぐに進むと。だがそんな単純にはいかない。そうなのだ。私の最初の堕落について、話をさせてもらおう。

## 10　九八年夏、ウェールズ、スウェンジー

九八年夏、ウェールズ、スウェンジー。私は河口にあるディラン・トマスの暮らした艇庫《ボートハウス》と車庫を改造した執筆小屋を訪れていた。ラーンを発《た》たなくてはならなかった。ああ、サギよ、叫びよ、酒場よ。歌よ。「闇は道であり、光は場所だ」南のラーンからコンウィへとカンブリア街道を歩いて北上すると三十日かかるが、その街道は散歩の達人の間で世界一の絶景とされていた。私は友人とスペインを縦断し、森や道の端や海岸の開かれた空の下で眠る

＊7　一八一八年生まれ。詩人、紀行文作家。一八一四年デンマークから独立したノルウェーで、ノルウェー語の独自性を高めるため、西部農村部の方言を元に人工的に作られたリクスモールを作品に用い出したパイオニア的作家としても知られる。一八七〇年没。

ことで、どこでも眠れるよう訓練した。ソグンオフィヨーラネをうねうねと進み、小道や郵便道路沿いのアスファルトや砂利や草を踏みしめ、スーツ姿でスコーラ　塔《トーネ》山までどうにか登ったり、ドクターマーチンのブーツでガルフピッゲンをよじ登ったりと山々を踏破し、川や氷河を渡り、いくつものトンネルや町を歩きもした。だがそこまではまだ子どもの遊びで、本番はここからだ。私は何の予定もなく、一人だ。一ヶ月も、二ヶ月も。金があろうとなかろうと、英国を抜け、家まで歩いて帰るのには時間がかかる。農場で働こうか、それともレストランで働こうか。とにかく、大道を進むのみだ。雨が降っている。私はいつものスーツに、ドクターマーチンのブーツと黒いリュックと、横になれるよう敷物と寝袋と大量の本を携え、土砂降りのラーンを発った。防水カバーを買い、本や衛生用品や、やけに重たい物全てをオウスランド*8に倣《なら》い捨てると、重みを感じない程軽い生活必需品とリュックのみ残された。万事が快調だった。だが雨が降っていた。六日連続で。ウェールズは緑色で濡れていたが、私は濡れた緑のものを忌み嫌っていた。スーツが破れ、ブーツが張り裂け、脚が痛む過酷な放浪生活を疎ましく思った。私はブルース・チャトウィンを、D・H・ローレンスを、ジョージ・オーウェルを、私自身を、この狂気の旅に私を送り出した他全ての人を忌み嫌っていた。私の居場所は机の前ではないのか？　カフカが薦めたように、机に自分の体を縛り付けなければ、本を書けないのだろうか？　私には家は——ある種の家族はいないのか？　私は職業を——安定を——平凡な暮らしを——収入を求めているのだろうか？　これは私の正気ならぬ考えのひとつについての物語だ。私は断念することにした。アベリストウィスまでバスに乗り、ホテルにチェックインし、自然も、緑色のものもないパブを見付け、自分が放浪者であることを忘れるまで飲んだ。いや、諦めてたまるか。飲めば飲む程、もう一度チャレンジしてみたいと思えてきた。ウェールズではなく、別の場所で。果てしなく緑色で、延々と雨が降るのではない別の場所へ。次は、私の二番目の挑戦について話をしよう。

# 11　九九年春、ドイツ、シュタウフェン

ドイツ。シュタウフェン。春。九九年。友人と私は北のシュタウフェン（ファウストがメフィストフェレスと魂と引き換えに望みを叶えてもらうよう契約をした場所）から、南のトートナウベルク村（ハイデガーの山小屋があることで有名な村）を目指し、シュヴァルツヴァルト《暗い森》山地を歩いていた。

*8　一九六二年生まれ。ノルウェーの探検家。世界で初めて南極大陸の単独横断に成功した。

私は新しいのに古めかしいスーツ——銀青色のストライプのロマ風スーツ——と、皺《しわ》の入ったズボンと、新しいドクターマーチンとサングラス、包帯と絆創膏《ばんそうこう》を買った。私達は装備も準備も万端だった。暑さに備え、ドイツ産の辛口ワイン二本と、眠気覚ましにスピリッツを一本。あらゆる事態に備え、ありとあらゆる種類の薬を取り揃《そろ》えた。進め！　どんどん進め！　気温三十三度のシュタウフェンから。繊維に汗が染み込み、布と肌の区別がもはやつかなくなり、脚はブーツや道とひとつになっていた。森に入り、森の一部になれ。ボトルを空け、知覚を冴え渡らせ、鳥の声に耳を澄まし、影を見つめ、木の香りを嗅ぎ、無と化し、歩け！

　私達は食べる。ドイツのフランクフルトと全粒粉パンを。湿った新聞紙に包まれたボトル・ワインを飲む。良質な会話。私達はハイデガーについて議論した。ハイデガーとパウル・ツエランとルネ・シャールが訪れたトートナウベルク村の山小屋のこと。ハイデガーとナチズムについて。私は言った。サルトルが左傾化したのは、間違いのはじまりだったと。政治的中立を保つべきと言いたいわけではなかった。私達は極端で、急進的でなくてはならないが、イデオロギーは避けるべきだ。そういえば、今晩、どこで寝たらいいだろう？　登り続け、丘の頂上に辿り着いた。四方に広がる景色、暗い森、湖、小道、ドイツ。ああ、ドイツよ。私達はマットレスを広げ、寝袋の中で体を縮こまらせると、蒸留酒を飲み、語り合った。そしてここヨーロッパの中心にそびえる高い山の頂《いただき》で、緩慢《スロー》党を創設する。私達は目まぐるしく進んでいく物全てに反対だった。飛行機にも車にも、急いで考えることにも、急行船にも急行列車にも反対だった。ゆっくり進む全ての物を歓迎した。蒸留酒を数口飲むと、この党が実際のところ、いかに急進的かが分かってきた。私達はマニフェストを作り、カタツムリをエンブレムにした。緩慢さと笑いに、おやすみを告げる。

　鳥のさえずりで目が醒めた。朝日の暖かさでも。私達は美味《おい》しい朝ご飯を食べ、宿屋があると地図で示されているフェルトベルク山に向かい、下ってはまた登り、歩き続けた。小道を辿り、牧草地を、黄色の広大な草地を、森の中の開拓地を横切ると、ふいに、野ウサギと鹿が目に飛び込んできた。私達は歩きに歩き、寡黙に歩き、フェンスを越え、道を通り、小川沿いを歩き、考えた。トートナウベルク村を目指し、三日間の行進だ。霧の中、午後、山村に辿り着いた私達は、哲学者の山小屋を見付けようという考えを諦めた。たまたま通りかかる人に尋ねると、「ハイデガー？　そんな人、知りませんよ。聞いたこともありません」という答えが返ってきた。カントとニーチェ以来、ドイツで重要な哲学者が出たという話を聞いたことがないと言うのだ。フライブルクでの教務がない時、ハイデガーが滞在していたこの村で、彼が誰かも知られていないとは。「マルティン・ハイデガーは？」シャワーを浴び、脚を休めようと予約したゲストハウスの女主人に私達は尋ねた。「ああ、あのマルティンね」と女主人は言った。「父は十三歳の時に、彼から紙巻きタバコをもらったのよ。父に会ってみる？」「ええ、是非」ボトル・ワインを携え、女主人の父親の下を訪ねた。父親は言っていた。「この山小屋には誰も来やしない。常に空いているのさ。数年前に英国のテレビ局が来て以来、静かなもんさ。マルティン・ハイデガーのことを聞きに来る人などいない」

翌朝、私達は、山小屋を見付けた。木や藪《やぶ》が鬱蒼《うつそう》と茂る丘の上にあったが、写真であらかじめ目にしていたため、認識できた。驚くことに、窓の鎧戸も、扉も開けっ放しだった。私達は後ずさった。三日歩き続け、ようやくかの有名な山小屋まであと五十メートルのところまでやって来たというのに。私達は登り続けた。私の頭の中で鼓動のような音が響いていた。山小屋の中から狂人が現れ、追い出されたらどうしようか？　思った通りだった。山小屋に近づくにつれ、扉の隙間から、人影が見えてきた。「私はノルウェー人でシュタウフェンからここまで歩いてきました。私は作家で、放浪者です」と声を張り上げた。人影は、一歩前に出ると、外に出、手を差し出し、こう言った。「ハイデガーです」

彼はハイデガーの孫だそうだ。自己紹介し合った後、有名らしい小川の水が振る舞われると、腰かけられる岩をそれぞれ見付け、ノルウェーのこと、歩くこと、祖父ハイデガーがした散策のこと、しばらくすると、哲学のことを――特に、詩芸術と文学のことを話した。そうだ、彼はもちろん、リュデイガー・ザフランスキー[*9]の書いたハイデガーの伝記[*10]を知っていた。トーマス・ベルンハルトが『古典絵画の巨匠たち』[*11]の中で、ハイデガーをこき下ろしたことも。その叱責を賛美と受け止めるべきだと彼は言い、話を終えた。「これからどこへ？」

と彼は尋ねた。「前へひたすら歩き続けるのみです」と私は答えた。

前へ。私達は前へと進んでいく。冒険物語のように。ところが脚が痛み、外で寝るのにもくたびれてきた。私はホテルに泊まろうと提案した。私はベッドやテレビや壁やカーテンを欲していた。自然や鳥のいない場所を求めていた。ところが私の先を行く放浪者で、友人のナルヴェは、ドロミーティ〔北イタリアにある山群〕にある、イタリアとの国境を代わりに越えようと言ってきた。彼は山を歩き、狂った岩山の形状を見、高地を歩き、高地で眠り、本格的な山歩きをしたがった。私達は言い争った。私は疲弊してしまったこと、自分はまだ一人前の放浪者ではないと、またこれが自分の二度目の敗北だと認めざるをえなかった。そうして私達はイタリアの国境を列車で越えることで折り合いをつけた。ところがホテルで二日、静かに過ごした後では、私は、はやる気持ちを抑え切れなくなってきた。私は再び道に戻りたくなっていた。

　ところが今、こういう生き方は、一朝一夕でできるようになるものではないと、それに放浪者になるのも、簡単なことではないと知った。鍛錬と勇気と適応力と時間が必要だった。

＊9　一九四五年生まれ。ドイツの哲学博士で著述家。

＊10　『ハイデガー：ドイツの生んだ巨匠とその時代』リュディガー・ザフランスキー著、山本尤訳、法政大学出版局、一九九六年。

＊11　山本浩司訳、論創社、二〇一〇年。

私達は森を通り、アーゾロを――私が二ヶ月身を寄せたことのあった友人ハロルド・コステロという一度も作品を書いたことのない作家の家を目指した。私が初めての長編小説を書いたのもその家で、私は蔓《つる》やオリーヴの木やミツバチの巣箱やサンザシの生け垣の横を通り過ぎながら、一人、こう考えた。輪が完成したと。輪ははじまったばかりだと。これははじまりなのだと。放浪者になる長い道がはじまるのだと。

## 12 孤独の起源

私は食事処――オーサネの社交場を出ると、ガルモント社製の登山靴を履き、扉の外に出た。登山靴は、私のスーツと――明るいストライプの入ったネイビー・ブルーの私の上着と同じ柄でフレアのスラックスとよく合っていた。新しいワイシャツ、それにとりわけ目を引くであろうは、オレンジ色に輝く真新しいスポーツ用リュックだった。私は自分の姿に満足し、オーサネ教会に向け歩き、そこで再び郵便道路を見付けた。ルソーは一種のアルメニアの民族衣装で――革の帽子と革のスカーフと手織りのジャケットで散歩に出たと言われている。ラムゼイにより描かれた絵には、その恰好《かっこう》をしたルソーの肖像画がある。絵に醸し出される自意識の高そうな立ち居振る舞いや視線から伝わってくる狂気は、『告白』の冒頭で彼がした自己描写と一致する。

> 私は誰も真似《まね》できない前例なき偉業を成し遂げたのだ。自分と同じ仲間の人間達に、一人の人間の自然のままの完全な真実の姿を、私は見せたいのだ。そしてその人間とは、私だ。

だが自分自身の真実の姿を描くことなど、できっこない。

人は書くことで、己を隠すのだ。言葉という隠れ蓑《みの》をまとうことで。

モーリス・ブランショがキルケゴールについて書いていたことは、ルソーにも当てはまる。

> 自分自身のことを常に、ある程度、話し続け、自身の人生に起こった出来事について考えることで、キルケゴールは基本的に、自分自身について本質的なことは一切言わず、神秘的であり続けることを自らの価値とした。彼は自らについて明かし、また隠したのだ。

アルメニアの民族衣装は、隠れ蓑であって、それと同じく身を隠すため、ルソーは書いたのだ。彼は自然の中に逃げるのではなく、言葉の森の影の小さな文学に身を隠した。彼は自分について、また自身の周辺環境について詩を綴ったが、そうあるべきなのだ。ルソーは他と違ってなどいない。だが彼は自分を孤高の存在に変えたのだ。自然の子、高貴な人達の間でもてはやされる架空の英雄であるように思わせる作家に。煽情《せんじょう》屋で、怠け者で、真実の本物の演技者。

私は一人だ。私は自分の心を感じている。そして人々を知っている。私はこれまで出会ってきた人達の誰とも同じようには創られていない。彼らよりも優れているとまでは言わないが、少なくとも別の人間ではある。自然が私をその中に投げ込んで作った鋳型を壊してしまったのが、賢明だったか、そうでなかったかは、この作品を読んでからでないと判断できない。

ルソーを一度《ひとたび》読めば、作家ジャン＝ジャックへの賞賛で胸を一杯にさせられ、その人がより一層、手の届かぬ存在に思え、半ば鼻もちならぬ男に思えてくるだろう。だが、この作家と面と向かって挨拶しなくて済むのは、読者ならではの特権だ。

こうして私はこの世界でたった一人だけ。兄弟も、隣人も、友人もおらず、自分自身以外に仲間はいない。

孤独というものを発見したのは、ルソーなのだろうか？

他の孤高の偉人らと同じく、ルソーは他者との絆《きずな》を求め、絆について考え、書く程に、孤独になっていった。彼は書くことで敵を作り、書くことで孤立し、孤独になっていった。しかし書くことはまた彼らの傷を癒やすアキレスの槍[*12]でもあった。書くことで、ルソーは読者や愚かな者とその孤独を共有する場所を設けたのだ。

ルソーが読者に示したのは、モンテーニュが『エセー[*13]』で書いたのと同じ優越感と無関心さだ。

> 読者よ！　これは正直で一途な本だ。初めに断っておくが、この本を書いた私の本だ。この本で私はのっけから、この本に唯一望むのは、個人的であることとした。……つま

＊12　ギリシャの英雄アキレスが、トロイア戦争の時、槍で負傷させたテレフォスに傷を治すよう頼まれ、自らの槍のさびを削り取って、そのくずで傷を治したという伝承がある。

＊13　一、原二郎訳、岩波文庫、一九六五年。

り、読者よ、この本の題材は私自身なのだ。そんなつまらない、虚しい主題のために、あなたの時間を投じる理由はない。だから、ここで別れを告げよう！

## 13　惜別の思いで胸が一杯

郵便道路がメリンゲンの町に向かって延びていく。農場の門をくぐり抜けながら私は、孤独の起源は言葉に違いないと考えた。それは美しい道だった。かつては郵便物を徒歩で運搬するのに使われていたそうだ。手紙自体が孤独の象徴ではないだろうか？　書き物机で一人、別れの手紙を、ラブ・レターを書く人。その運命を中に入れて封をするその黄色い封筒は——手紙は、孤独から解き放たれるためでなく、孤独に封をするために書かれるのではないか。

郵便道路を一人、歩いていると、そんな考えが頭に浮かんだ。ヘルダーリンがアルプスを越え、スイスへ、さらにフランスへと徒歩旅行に出る直前に、詩人カシミール・ウーリヒ・

ベーレンドルフに宛てた手紙を思い出させる。

それでは、ご機嫌よう、親愛なる友よ！　再会の時まで。私は惜別の思いで胸が一杯だ。私は久しく泣いていない。しかしこの祖国をこんなにも急いで、そして恐らく永遠に、旅立とうと決めた際、私は苦い涙を流すのだった。

　しかしヘルダーリンはかの地をそれ程長く離れることはなかった。翌年には、母親の下に戻ったのだ。「亡霊のように白くみすぼらしく、がっくりとうなだれ、荒々しい目で、だらしなく長い髪と髭で、物乞いのような姿で」歩くことは、ヘルダーリンに何らよい影響を及ぼさなかった。今、彼は、文学史上で、「長い孤立」と表現される通り、偏執者の道を歩んでいる。

　彼はテュービンゲンのネッカー川のそばのヘルダーリン塔と呼ばれるところに閉じこもっていた。そこで落ち着きがなく、すさんだ心の詩人が、三十五年の人生の終末期を過ごしている。毎朝、太陽が昇る頃、彼は外に出、庭を四、五時間歩き回った。残りの一日は、自分自身と延々と対話しながら、自室をうろうろするのに一日を費やすのだった。

ヘルダーリンは『ライン河』に、敬愛するルソーを気弱な老賢人として登場させている。

だが君に類する魂を持つルソーは、穏やかな心と、耳を傾ける能力を持つひとかたならぬ強さと忍耐力を備えた人物なのだ。

今日、私達が読むことのできる伝記も、ヘルダーリンには読む術《すべ》はなかった。当時、今日私達が読むことのできるような伝記は、まだなかった。さらに二人の間には非常にたくさんの類似点があり、一方はもう一方に、自己を見出していた。ルソーが歩くことで健康になり、思考が研ぎ澄まされると言っていたのとは対照的に、ヘルダーリンは歩くことで精神が崩壊し、心の健康に不調をきたしたのは特筆すべき点だ。これはルソーが主に短い散策をし、散歩を徒歩旅行と呼んでいたのに対し、ヘルダーリンは長い距離を歩き、疲弊し、さすらいの道中で経験した事柄に心を蝕まれていったことからくる。実際どうだったのかは、私達には分からない。確かなのは、長く歩くとくたびれるということだ。放浪者について書物で読んだことのある人は皆、放浪の過酷さを心得ている。彼らの写真や絵を見たことがある人は皆、放浪暮らしは過酷だと心得ている。数ヶ月、道を歩いたことがある人は、放浪は過酷で、痛みを伴うと知っている。

お前《私》は宿なしだ。野外で眠っている。よそ者であるお前に、疑念の目が向けられるだろう。お前は薄汚れていて、腹を空かせている。お前は一人ぼっちで、歩きに歩き、雨が降り、風が吹いている。お前は納屋でも、宿屋でも、眠れるところならどこででも眠る。運べるものは背中に背負って歩き、脚が痛み、肩が痛み、体が痛み、お前はベッドと恋人を恋しく思い返す。

私は二つの農場の前を通り過ぎると、門をくぐり、小川沿いを歩くと振り返り、行き過ぎた町を見渡す。オーサネだ。郊外のその町の半分は、高速道路やショッピング・センター、新しい建物と不動産——テラスハウスや集合住宅や、遠くから見ると人が住んでいなそうで、舞台袖から見ているかのように薄く平板そうな一軒家に占拠されている。さらに最悪なことに、お前《私》がこれらの家々の玄関を開け、中をのぞいてみると、唯一見て取れる特徴は、その家が他のあらゆる家と似ているところくらいだろう——テレビとランプの人工的な光、不快な暖かさ、実用性を欠いた部屋、敵意に満ちた家具や、生暖かいインテリアは、私達を疲弊させる仕事や、私達が浪費する金、つまらない人生を物語っている。

オーサネの別の区域には、畑や尾根、古い家屋や農場、トラクターの通る道や小道、木や小川、花や草が広がっている。長い上り坂になっているこの土地が、太陽の光で輝いている。古い時代と新しい時代。前者の方が後者より、よいものとは限らない。人はそれぞれの能力の限りを尽くし、どれぐらいうまく生きたいか選択するのだ。だが、金の全てが、豊かさの全てが、より醜い景色に、より粗悪な建築に成り果てるのだろうか？

　安上がりな解決策を――手っ取り早い解決策を選び、これら全ての金で、粗悪なものを建て、創り、考え出してしまうのだろうか？　オーサネに続く古い郵便道路を歩きながらお前《私》の頭をかすめるのは、そんなことだろう。

　私は手紙を書きたい。

　この胸は惜別の思いに満ちている。

　私は丘のてっぺんを通り過ぎると、ブライスタインの地方警察へと下っていった。高い壁に木、硬いコンクリートの壁を覆う木の影。これら自由の全てが、外の美しさ全てが、向こう側に閉じ込められていることが、いかに残酷か物語るように、壁の前で二頭の馬が草を食んでいた。

　刑務所や難民受け入れ施設や、保育所や庭や家や、鎖に繋がれた犬や温室の横を通り過ぎる。花が一列に並んでおり、駐車場には男が一人、車の中にいる。ここを歩く時、私には不自由しか目に入らない。横を通り過ぎ、脚を速め、私を対岸のヴァレ海岸へと運ぶフェリーに続くアスファルトの道を辿る。埠頭で私は衣服を脱ぎ捨て、海に飛び込む。そして泳いだ。フェリーがフィヨルドを渡っていく。

# 14　完璧な日

ローネヴォーグのゲストハウスには、簡素で小さな部屋、ベッド一台、テーブル一台、椅子一脚があり、いかにも空き部屋といった佇《たたず》まいだ。私は床にバックパックを置くと、ノートを出し、これまで歩いた道程をしたためた。

　窓の外から、笑い声や騒ぎ声がする。パーティーをしているようだ。若者の一行が、プラスチック製のテーブルを囲み、ビールを飲んでいる。週末に。笑い声には、苛立《いらだ》ちや怒りが色濃く表れた独特の響きがあった。「おい、皆。学校からはもう解放された。いい子ちゃんはやめて、酔っ払うまで飲もうぜ」という声が聞こえてきそうだ。私は階段を降り、プラスチック製のテーブルとパラソルのあるテラスへ向かった。私はテーブルの片端の席についた。同じテーブルの向こう端で例の若者達が、男女で、テーブルを囲んでいた。酒を飲み、タバコを吸い、丸くなって座り、すっかり自分達だけの世界にいた。私はうらやましくは思わなかった。だが一瞬、郷愁に――渇望に駆られた。しかし自分が何を渇望しているのかは分からなかった。テーブルを囲む円の中の一人一人を、その顔を、髪を、手を、動作を、服の着こなしを、他の若者と変わらなそうだが、それでも他の誰とも同じではないものを、まじまじと見つめずにはいられなかった。日が沈む。鳥が木を見付けた。車が止まり、誰かがやって来ると、少女のうちの一人が席を立った。黄色いセーターを着た金髪の少女だ。首から十字架のネックレスをぶら下げ、革のブーツを履いている。彼女は車に乗り込んだ。そして後部座席の窓から、急に私の座っている方を見つめた。

朝、窓の向こうの葉や木を貫き、窓を貫き、カーテンとカーテンの間を、床の上を、塵の揺らめいていた光が、ベッドや枕へと差し、私の顔に当たった。太陽はまず瞼《まぶた》の隙間から入ってきた。暗闇の中、夢のように光の筋が差し、映像が崩れていく。光が水になり、私は水の夢を見、浮かび、水面を割り、顔を上げた。もう昼だ。私は目を醒ました。私はベッドに横になり、夢のかけらの上に浮かんでいた。今日はよい日になりそうだ。

今日は完璧な日になるのだろうか？

今日は土曜だ。私は何でも好きなことができる。

ベッドでずっと寝そべっていられる。街に戻ることもできる。大道を歩き続けることも。何もない日に。目の前に広がる開かれた生活。扉の外に出さえすれば。

私は階段を下り、昼食を食べる。卵に、白パン、ほんの少しのチーズ、オレンジ・ジュースにコーヒー。朝食部屋に私一人。配膳する人も訪ねる人もいない。私は一人でいるのが好きだ。この人気《ひとけ》のない部屋は、私が今の自分を決定づけるような選択をした理由を思い出させる。空っぽの家、空っぽのリビング、空っぽの部屋。だから私は書くことができるのだ。

最初の二十キロ、私は車道沿いを北上した。それから谷を越え、ヤナギやアスペンの森――軽やかで、開かれた森と低い尾根の間を人々が踏みしめてできた小道を進み、オステロイ県を横断した。地図を辿り、カッレスタッドまで歩き、橋を渡り、ヴェア・フィヨルドを越えた。購入した地図本によると、スタムネスに宿屋があるらしい。私はその小道を辿った。まるで別の時代を歩いているようだった。白鳥のいる池、廃墟《はいきょ》と化した田舎の屋敷。廃れた農場とその小道が、沼地や畑を縫うようにうねっている。かつてあったフェンスや、草の伸び切った庭の痕以外に何もない風景の中を一日歩く。

その景色はスン・フィヨルドの小さな場所を――自然に還った人気のない小作地を思い起こさせた。遠くに納屋とひっそりとした民家が見えた。それでもなお、それらの場所には生命の残骸がこびりついていた。窓のところで何か動いてはいないか？　顔か？　足音か？　ロフォーテン諸島のある地に徒歩で行き、空き家が七、八棟と、廃校しかない廃墟を見つけた時のことを思い出した。寝場所を探そうとその廃校のドアをこじ開け、現れた教室は生徒達がついさっき待ちに待った長期休みに向け、扉の外へ飛び出したばかりであるかのように、きちんと片付いていた。しかし壁に掛かったカレンダーは、別の物語を語っていた。カレンダーには、一九七七年六月と書かれていた。スンミュアのその場所――オイエに続く砂利道沿いのその場所には、集落全体に水が氾濫《はんらん》し、水に沈んだそれらの家々が、何事もなかったかのように神秘的な生命力を放ち、佇んでいた。

　過去に見張られたその地を不穏な気持ちで通り過ぎると、農家と家畜のいる景色がふいに現れた。私は喜びがほとばしるのを感じた。人々は新たなよりよい家や道、人との繋がりや便利な暮らしを求め、生活の拠点を雑草生い茂る谷から、高地を越えたほんの数キロ先の開墾地に移していた。私は旅し、景色を見て回ったというE・T・A・ホフマン[*14]の男爵フォン・B.[*15]のことを考えた。それは壮観でも非凡でもない日常の景色であって、この国の小高い場所ならどこからでもしょっちゅう目にする景色であるがゆえ、気付かなくなってしまっていた。私好みの景色だ。心が落ち着く。芝生に座った私は、リュックサックにもたれかかり、紙巻きタバコに火を点ける。A・O・ヴィンイェは自身の詩の中で、リュックサックは親友であり、信頼の置ける旅のお伴《とも》と賞賛しているが、それは本当にその通りだ。私はすでに自分のリュックサックに愛着を覚え、背中にくっついて回るこの小人に、次第に話しかけるようになっていた。私はこう言うのだ。「そろそろ休もうか」そう言った瞬間、草の中で何かが動くのが見えた。私が座る場所から五、六メートルのところに、何かの体があった。目で見る以上に、はっきりとその存在を感じ取れた。子ども、新生児ぐらいの比較的大きな体だ。そして実際その通りだった。立ち上がってそっと近づくと、子鹿だと分かった。目を閉じ、鼻を地面に突っ込むようにして寝ていた。その子鹿は死にそうだった。頭に蠅《はえ》がたかっていた。暗い不気味なその頭巾に、子鹿は蝕まれようとしていた。だが目で見てとれる傷はなく、怪我もしていなそうだった。とはいえ虫の息だった。それを見た私は何を思い出すだろう？計り知れない大きな悲しみと、続けて訪れた、同じぐらい理不尽な怒りに圧倒された――蝿の奴らめ、いなくなれ。私は蝿を手で追いやり、払い落とし、集め、拾って捨てねばならなかった。蝿は死に心を奪われたのか、頑《がん》としてどこうとしなかったが、それでも私は一匹一匹、払い落とした。それから私は自分でも意外な行動に出た。子鹿を抱え、肩に乗せ、近くの農場に運ぼうとしたのだ。私は歩きながら、自分が介入したのは正しかったのか考えた。私は子鹿を動かすべきではないのではないか。母鹿がそばに隠れていて、私に怯え、どこかに行ってしまったということもありうる。子鹿を農場に運ぶべきか、それとも見付けた場所に戻してやるべきか迷った。いずれにしろその子鹿は死ぬだろうと私は考えた。すでにほとんど死にかけていたし、子鹿が死ぬことを、受け入れるよう私は自分自身に言い聞かせた。お前は死を受け入れるべきだ。複数の理由から、お前にとって死を受け入れることは大事なのだ。お前がその子鹿にしてやれることはない。今回も。

　私はその子鹿を元の見付けた場所に戻した。

＊14　一七七六年生まれ。ドイツの作家、作曲家、批評家、画家。特にロマン主義を代表する幻想文学作家として知られる。一八二二年没。

＊15　「男爵フォン・B.という人物」というE・T・A・ホフマンの短編の主人公。音楽の知識が豊富で、旅の途中でヴァイオリンのレッスンをするが、いざ奏でた音色は聴くに堪えないものだった。芸術家の才能や苦悩を皮肉っぽく描いた作品。

私は死との戦いを放棄したのだ。

肩からその重荷を下ろし、死から距離を置いた。

亡くなった母と元妻アグネーテを、その子鹿とともに、肩から下ろしたのだ。

子鹿を草の上に置くと、農場へと続く丘を下り、最初に見付けた家屋の扉をノックし、水を一杯くれないかと頼むことにした。

## 15　安息の地を見付ける

暗くなってきた。寝場所を探さねば。私はグルースヴィークから歩いてきて、オステル・フィヨルドとロマルハイム・フィヨルドとアイズ・フィヨルドとヴェア・フィヨルドの四つが交わる珍しい場所に行き着いた。水が他の何よりも強く――山よりも強く、森よりも力強く、草よりも古く、水辺の家々や道より静かな――独特の力を持ち、この地域に迷い込んだように思えた。フィヨルドのすらりとした長い腕は、本土よりも力強かった。この孤立した山間の集落に自由や夢を運んできたのは、このフィヨルドだった。この水辺の地域の静けさや力強さに、私は物語が存在することが——人々が聖書の中の話を心から信じることがいかに自然なことかを考えさせられた。ヤコブが天使と格闘したのは、こういう場所だったのではないか？　大洪水が起きた世界でしっかりとした高地を見付けようと、山間をノアの箱船が進んだのは、こういう場所だったのだろうか？　フィヨルドの出会うこの場所は、力と光を放っていた。これまで一度も見たことのない何かが見える気がした。

　それは何だろう？

　天使か？　ユニコーンか？　それとも海蛇《シーサーペント》か？　私の目に唯一映るのは、フィヨルドを滑るように進む貨物船だけだ。その船は、フィヨルド沿いを歩く私の横を少し間をとり、ひっそりと、不気味に、追ってくるのだった。そうだ。ここに先史時代の怪物がいて、暗闇の中で光を放ち、水の中で息を吐き、心臓のように脈打ち、鼓動のように高鳴っている。雨が降ってきた。雨は水面やアスファルトに打ち付け、陸と水のあいまいな境目を消し去る。空は灰色。山も灰色。じきに真っ暗になるだろう。貨物船の放つ光に追い立てられた私は、本土へと橋を渡り、スタムネスに辿り着くと、貨物船が埠頭に泊まっているのに気付いた。小さな宿屋は満室で、私には寝場所がなかった。びしょ濡れで凍えていた。空腹で喉も渇いていた。私が埠頭に降り、船と操舵室に向かって叫ぶと、一人の女性と二人の男性がデッキに出てきた。私は船のどこかに泊まらせてくれないかと頼んだ。どこでもよいからと。だが、駄目だった。三人は船を降りるところで、埠頭に停めている車で、モダーレンまで行くので、乗せてやろうかと言う。私はモダーレンまで乗せて行ってくれと答えた。元々行こうとしていた方角だった。私は山々とストールスハイメンを目指していたのだ。

そしてモダーレンで、おとぎ話のような出来事が起こった。後部座席のドアを開け、這い出ようとした時、四つの顔を持つ寓話《ぐうわ》の世界のような生き物が、私の方へと向かってきたのだ。四つの顔の持ち主のうち三人は私と顔見知りだった。トーレとヒルデグンとヒルデグンの妹のエリサベットだ。それに加えて、D・J・モダーレンなる人物もいた。何という奇跡だろう。それら奇跡の生き物が実在するのなら、それらはビールを飲みに、波止場と海辺の飲み屋に向かうところだった。私もいっしょに行きたいか、って？ ここで何をしているのか？ 宿は必要ないのかって？ ああ、そうだよ、どれも答えはイエスだ。私はスン・フィヨルドに行くところなんだ。歩いて？ ああ。山では雪が降っている、そのスーツで行くつもりかい？ ああ、そうだよ。ビールは飲むかい？ 二杯くれ。

私達は窓辺の隅でビールを飲んだ。窓ガラスに雨が打ち付けている。長くて狭いフィヨルドの裂け目が、闇で閉ざされ、山々とともに消えていった。暗闇は完全で、重く、いつか何かに取って代わるとは、弱い昼間に、臆病な光に運び去られるとは、想像しがたい。私達はテーブルの灯りの下に座っていた。ヒルデグン・ダーレは彼女の友人達と、詩人オーラヴ・ニーガウ[*16]についてのセミナーに参加するため、モダーレンの家に帰ってきていた。そこにはアスビョルン・オーネスがいた。エリック・ヴァッセンデンもそこに。イングヴェ・ペーダーセン。オイヴィン・オードランド。私達はオーラヴ・ニーガウと彼の詩について議論した。私達が話し、飲んでいる間、私達の座るその小空間で、岩や埠頭に結わえ付けられた細くて見えない紐《ひも》が緩められ、私達が狭いフィヨルドから、より広い場所へ、より重要な場所へと漂い進んでいるかのようだった。今、私達は、オーラヴ・ニーガウが英語かドイツ語で書いていたなら、国際的に重要な詩人になっていたことだろうと話している。そうかもしれない。だがオーラヴ・ニーガウの偉大なところは、自身の小規模な方言で、それはそれは美しい言葉を紡いでいたところではなかろうか？　それゆえ彼はその作品を読むことのできるごくわずかな人達に対し、強大な影響力を持つ、〝ちっぽけでとるに足らない〟詩人であり続けるのではないか？　オーラヴ・ニーガウの偉大なところは、彼が少数の人のための詩人であり続け、その詩がほとんど誰にも読まれないことで、全世界の静寂と分別のなさを集約したかのような独特の秘密めいた力をその詩に与えている点ではないか。彼の詩は、見られることも理解されることも、触れられることもほぼなく、ほとんど忘れ去られ、最も難しい方法で美しくなり、静寂の中、埋もれた時代を超えた今、ルーツである自然に似通いはじめていた。私達が真に目にすることも、何を通り越したのか理解することもなく、木の横を通り過ぎる

＊16　一八八四年生まれ。ノルウェーのモダーレン出身の作家。無名なまま一九二四年に亡くなったが、没後、その作品の価値が評価され、現在では最も重要なノルウェーの作家とされている。

のと同じように、彼の詩は、見過ごされたのだ。木と詩には同じひとつのメッセージが内包されていた——見ること、読むことを知れというメッセージが。オーラヴ・ニーガウの詩を読む時、私達は自分達が探し、求めてやまない全てが、ここにあるのだと——私達がどこにいようと関係なく、私達の目の前にあるのだと気付かされる。大事なものは、すぐそばに、単純な場所に、私達が行き過ぎる平凡な暮らしの中に隠れているのだと。

　私達は話し、飲む。私達は自分を大きく見せようとする。言葉が大きくなればなる程、自分達のいる空間はちっぽけになっていく。その空間は収縮し、本来の大きさを取り戻し、入り江のいつもの場所に漂い、還る。大声で話していると、自分達がモダーレンに閉じ込められているのだと嫌でも気付かされる。だが私は、まさにここにいられることに満足していると言わざるをえない。テーブルを友人らと囲み、ビールを飲むこと以上に、素晴らしいことなどないと。

　心を落ち着かせる。休息をとる。

目を閉じ、心落ち着く、友人達の声の響きに耳を澄ます。グラスの音に。ビールの香り。紙巻きタバコのかすかな匂い。隣の人の肩にそっと頭をもたれさせる。そろそろ寝床に入ろうか。

　心が安まり、夢の海岸へと穏やかで優しい波のリズムに乗れる安息の地にいることに私は気が付いた。永遠が小人の声で夢みる柔らかな子守唄を歌い、年と時が奴隷の窮屈なくびきから解かれ、月桂冠の周りを日の光が銀色に滴り落ちる中、軽やかなリズムでダンスに滑り込む今、何を急ぐ必要があろうか。

春の日の力と秋の静けさが芽生えた生命と落葉との混じる山間で、春と秋で同じ呼吸で佇む銀青色の牧草地のようだ。

太陽の日のたいまつが深い影のある狭い崖へと、輝く翼で鋭く、確実に高く舞い上がる中、共鳴弦〔ノルウェーの民族楽器、ハルダンゲル・ヴァイオリンに備えられた補助弦〕の哀愁に満ちた音色で、墓から湧き上がってきたかのような悲しみが深い海から生まれ、奏でられる。

## 16　モダーレンの谷間の住人との朝食

朝。太陽。川が家にまっすぐに流れ込んでくる。私は目覚め、ベッドの上で長いこと、窓やドア、壁を貫き、屋根から流れ込む川の音に耳を傾けていた。川は床から湧き、寝室を水浸しにした。二度と目覚めないために眠る夢を見る。私は眠り続ける。眠りを振り払うことができない体。目を開けることのできない顔。朝、目を醒ました時、汗でぐっしょりと濡れていた。闘った後のように――川から、眠りから岸に上がろうと、もがいたかのように。

ヒルデグン・ダーレは、三冊の詩集を出している。彼女が育った家は、川のほとりにあるのだが、その川はかつては流れが急で、モダーレンを流れベルゲン中に広がるフィヨルドへと傍若無人に流れ込んでいたが、今はその川は水力発電ダムや工場に手なずけられている。モダーレンとベルゲンの家々や、ウストランデット地域の町やスウェーデンが照らされている。ヴェストランデット地域のこの閉ざされた暗い山間の地域が、この国の別の地域の家やリビングを照らしているというのは、何とも麗しい考え方だ。これはまるで詩のような、オーラヴ・ニーガウの見据えた未来予想図が現実のものとなったかのようだ。モダーレンの自然が近隣の国の生活や夢を照らし、光を投げかけているとは。

自然は阻害されてきた。山々の大部分は、踏査用道路やダム、人工の湖や岩や苔《こけ》に突き刺され、飛び出すパイプにより破壊されてきた。オーラヴ・ニーガウが暮らした農場は、送電線や鉄塔で取り囲まれていた。鉄や光の歌う糸が、新たな風景を――新たな言葉を必要とする風景を織り成している。

新たな言葉を紡いだ人のうちの数人が、ダーレ一家の朝食のテーブルを囲んでいるところだ。

我々は、朝食のテーブルを囲み、書くことについて話している。私達は落ち着いて座ることについて話している。それに歩くことについて。ヒルデグンは歩いた女性達のことを——ドロシー・ワーズワスやヴァージニア・ウルフのことを書いた。私は彼女にオーラヴ・ニーガウは放浪者だったのか尋ねた。

いいえ、実際のところ、彼は放浪者ではなかったの、と彼女は答えた。他の皆のようにストールスハイメンを少しは歩いたし、クロッセンから郵便局や商店のある中心地かつ船の中継地だったこの場所まで歩きはしたけれど、と。彼はクロッセンからここへ歩き、それから農場に戻った。ある程度、距離はあったが、放浪者と呼べる程ではなかった。農作業をする時以外は、じっと座っているのが一番好きだったのだ。詩人というのは、じっと座っている人だ。ニーガウの詩における動きとは、常に宇宙の、魂の動きであって、ささいな日々の観察から、壮大で普遍的なドラマへと動くのだ。詩人であった彼は、自然の中での動きを観察したが、それを見つめる彼は——観察者であった彼は、大抵、動かず、休み、眠っているか、目を醒ましていても、物思いに沈み、横になり、思索にふけっていた。

彼はヘルダーリンやランボーのようではなかったのか？

そうだったとも言えるし、そうではなかったとも言える。ニーガウについては、動いていたのは、思考や渇望であり、彼自身は同じ場所で動かずにいた。オーラヴ・ニーガウは地域に根ざした詩人だったが、彼が正確にどの地域にいたのか、私は知らない。

二つの太陽のあるどこかだろうか。

太陽があまたある地。グンナル・エーケルーフはオーロフ・ラーゲルクランツに何と言っただろうか？「私は別の世界に暮らしているが、君は同じ世界で暮らしている」

詩人は一人ではなかった。

確かに、完全に一人ではなかったが、ほぼ一人だったわ、とヒルデグンは言い、笑った。

今、君は歩くことについて、本を書いているんだってね、とトーレが私に言った。彼の顔は凛《りん》としていて、鳥を彷彿《ほうふつ》とさせた。常に瀬戸際に立たされているかのようであって、しかし穏やかで、私には何だか分からない何かを待っていた。

そうだよ、歩くことについての本を書くんだ、と私は言った。

いい考えだね、と彼は言った。

いい考えだろう、と私は答える。だから私は行き詰まっているんだがな。よいアイディアが浮かぶと、たちまち書けなくなるんだ。よいアイディアというのは、私が知る中で最悪なものさ。奴らは私を蝕む。よいアイディアからよい本が生まれることは滅多にない。

でもじゃあ、悪いアイディアからよい本は生まれるの？　とエリサベットが——ヒルデグンの妹で、皆がヒルデグンそっくりだと言うが、瞳は同じでない彼女が——尋ねた。私達と同じものを見つめはしても、何を見ているか決して分からない瞳。詩人の目。ヒルデグンの目。エリサベットの目は姉のそれに似ており、口も似ていて、顔も似ていたが、似ているところより違いの方が目を惹いた。

よい本というのは、よいアイディアからも、悪いアイディアからも生まれない、とヒルデグンは言うのだった。書くことは己の思考に逆らう行為だと。何を、どう書くべきか分かっていたら、あえて書かないだろう、と。執筆作業はオープンであるべきで、そのため、本の構造を紐解くことが――詩の本旨に辿り着くことが重要で、それらは君が期待するより深いところに隠れているものだ。

散文にも同じことが言えるだろうか？

あらゆる文学にそれは当てはまるに違いない、とヒルデグンは言った。トルストイは不道徳な女性を非難する小説を書こうと思いついたという。女性が浮気をすると、女性自身にもその家族にもいかに恐ろしい末路が待っているか示そうとしたのだが、書きはじめると、小説は思惑とかけ離れた代物になった。執筆はトルストイの意思に反した方向に進んでいき、アンナ・カレーニナについての美しくも悲劇的な物語が生まれた。私達が望まない何かが――メアリー・シェリーのフランケンシュタインのような美しい怪物が、書く前には思いつかなかったようなものが、執筆の末、生まれる。それが文学なのだ。

# 17 山へ

　トーレとヒルデグンは、私を近くの道まで――急勾配の側道まで送ると言ってくれた。モダーレンの山岳地帯の大部分が、水力発電所に破壊された。私は後部座席で目を半開きにして座っていた。過去にその光景を見たことがあった。新たなノルウェーを。産業と発電事業を誇るこれらの小さな場所。それらは私達の莫大な富と私自身の自由の礎《いしずえ》となっているのだ。トーレはギアをローに入れ、素早く車を走らせた。まるで破壊された景観を私に見せないようにするかのように。だが、景観が破壊されたかどうかは、私にはどうでもよいことだった。私は山に登るのだ。十分高くまで登れば、破壊された地域は遠ざかり、小さくなっていく。次第に小さくなり、目の前の果てしなく険しい山塞《さんさい》にすっかり飲まれてしまうのだった。山も自然も十分過ぎる程ある。一時間も歩けば、観光協会が提供している無人の小屋のひとつ、ヴァルダダルスブに私を導く牧草地や案内板のある道標《みちしるべ》を除いては、未踏の山が現れる。山を長く歩いていくと、人造物――木の橋や石壁、農家の小さな庭、人里離れてはいるが、散歩者の耳や目を、人や動物の音やそれらの景色で満たし、帽子をとり、挨拶したくなるような山の小作地――これらの痕跡に喜びを感じるようになる。雨が降っている。私はスーツとリュックサックの上に雨合羽《あまがっぱ》を、頭に粗末な茶色い帽子をかぶる。私は一人、山を歩き、山の農場や空いた小屋を行き過ぎる自分自身の姿が好きだ。ヒルデグン・ダーレは『川の夢』の中でこう書いている。

> 遺《のこ》されたのは瓦礫《がれき》だけ。二、三の名前やあらゆる動くものに憧れる瞳。

孤独。二、三の名前。自分自身の道を長時間、長距離歩くと、一人、二人の友人や、二人の名前だけが残される。それが全てだ。そして私達が間違いを犯したことを、さらに示されると、私は山で考える。山の中では、思考が切り替わる。山が開け、大きくなるにつれ、思考はより集約されていく。山を歩くと、思考が研ぎ澄まされていく。より厄介で、より不従順になるよう決意する。山では危うい思想を抱きやすい。友人を二人以上持つのは不適切で、偽りであると私は山で考えた。私には何人、友人がいるだろう？　かつてはたくさんいたが、今は二人だ。二人の親友。それが全て。それで十分だ。いや、一人だけかもしれない。かけがえのない友人。それが真実だ。私は満足だった。親友一人。ほとんど恋人のような。山で考えつくことは慎重さを欠く。山の思考、そう私は思うと、雪の中を登っていき、川の水へとまっすぐに落ちる雪の斜面の端を辿った。これらの亀裂に私が落ちても、端に沿って滑り、やがて止まるので、私の身には何も起きない。私は雪に分け入り、雪を踏みしめ、谷を越え、さらに別の川を――より深く、流れの速い川を渡る。川を、より険しく高い山を渡る。私は浅瀬を探しもせずに、腰の高さまで水が来ても気にせず川を渡り、冷たい水と、強い流れに沈みかねないと感じていた。不安はない。まだ。私は川の右手の渓谷を辿り、淡々と、しかし考え込みながら歩いていたので、小道を行くのを忘れてしまっていた。そろそろ小屋が見えるのではないだろうか？　地図に印が付けられている。川から数メートル上のところ、谷の一番奥に、高山の麓に。霞《かすみ》が降りてきた。全てが乳白色に、不透明になる中、私はまっすぐに進んでいく。私はどこに行くのだろう？　その時、恐怖を感じた。恐怖で体が冷たくなり、麻痺《まひ》し、銀世界の中で身動きがとれなくなった。霧と雪。寒さ。立ち止まるとたちまち冷たさを、服の湿り気を感じる。この愚かなスーツめ。リュックサックの重みよ、背中の小人よ。私達は足止めを喰《く》らっているのだと私は言った。静寂。完全なる。私は一人だ。いや、一人なのだろうか？　近くに何かの気配はするが、鳥かウサギか、背中の小人か、それとも何だろう？　私は見上げると、雲が見えることに驚いた。雨が上がった。青のストライプ。日の光。外が白々としてきた。太陽が雲の隙間を縫い、差す。私は立ち止まり、待つ。霞が晴れてきた。霞に亀裂が入る。霞が流され、消えた。霞を連れて行ったのは誰だろう？　風か、声か？　私には何も聞こえない。霞が晴れると、小屋が現れた。目の前の十メートルもないところで、完全に新しい舞台を見せるため、舞台袖で誰かが舞台装置を回転させているかのようだった。一秒、または二秒間、非現実的で、半ば不自然に思えたが、私は恐怖が霧ともに蒸発する様を、太陽が私の顔に差し、粗野で熱い歓声のように、私の体に広がっていく様を感じていた。私はリュックサックを背中から下ろすと、それを抱き抱《かか》え、山小屋まで十歩、穏やかに歩き、決して離すまいと小人を強く抱きしめた。

## 18　山での夜

屋内にいられるのは、何と素晴らしいことだろう。ドアをくぐり、床に足を置き、リビングの戸口に立ち、暖炉や食卓、窓や扉をのぞき込み、リビングを通過し、寝室のドアを見付ける。そこにはベッドがある。ここで私は眠るのだ。

家に対し感じる喜びは、住居を所有する満足感と同じではない。喜びはもっと深いはずだ。安息の地を――暖かで、明るくて、料理を作ることができ、落ち着いて食事がとれる場所を、窓辺に座り、外をのぞける（ということはあなたは中にいるということだ）場所を――見付けた時に、深い喜びを覚えるものだ。家にいる喜びとは、屋内にいられる喜びだ。外にいる喜びは、家があって初めて抱くものだが、その家はあなた自身の家でなくてもよい。

私はリビングに足を踏み入れると、服を脱ぎ、ぐしょ濡れになった服を暖炉の上に掛けた。薪をくべ、乾燥した良質な白樺《しらかば》の木に火を入れた。熱は毛布のように広がっていく。私はリュックサックから乾いた服と段ボール箱に入ったワイン・ボトルと、紙巻きタバコ一箱と、メモ帳を取り出す。いつものように窓辺に座る。いつものように食べ、飲み、タバコを吸う。「どこでも私は書ける。必要なのは、机と椅子だけだ。必要なのは、屋内にいることだけだ」とメモする。

「自分の家のようにくつろいで」私はびくりとした。話しているのは小人に違いない。小人は私の見知った人を真似ているようだった。それは私の妹の声だった。彼女はドアの外へ出ようとしている。外に出て、旅立とうとしている。数ヶ月、旅に出るのだ。私は彼女のアパートを借りると、すぐに家具の配置を変えた。食卓を窓辺に寄せ、一番質のよい椅子を、書き物机と化した食卓のそばに押しやる。これで書斎ができた。数年後、同じアパートが私のものになった時には、そこにゲストとして暮らした二ヶ月間で感じた喜びを、一日たりとも感じなかった。アパートは当たり前の習慣と化したのだ。

私はただひとつの目的のために、このアパートの家具の配置を決めた。その目的とは書くことだ。

私はこのアパートで何も書かなかった。これまで住んだうちで、最良のアパートだった。

本だらけの広く、明るく、美しい家。床にも、壁沿いにも、ベッドにも、書き物机にも、そこら中に本があった。何段、何列にも積まれたそれらの本を私は読みたかったし、書きたかった。私は一人で暮らしていた。実に美しいアパートだった。テラスの扉の前には、大きな書き物机にランプ、良質な椅子、ソファ、クッション、木の家具があった。部屋は優雅だったが、重たい静けさが漂っていた。私は書き物机の前に座り、リビングを見つめると、自分自身が丹念に作り上げた美に喜びを感じた。それは完璧な空間、完璧な作業部屋だった。だが私はその部屋で、何も書かなかった。

どの本も、他の誰かの持ち物であり、ひどく短い期間、無料または有料で借りたアパートか家で書いた。私は理由ははっきりとは分からないが、長い間、ひとつの場所に住んだことは一度もなかった。「私は住まうことができない」とリルケは書いた。

私はしょっちゅう住まいたいと願ってきた。だが私がひとつの土地に根を張ろうとする度、毎回、引っ越しを余儀なくされるような出来事が起きるのだった。クラウス・フーク[*17]のように、私は行ったことのある場所について、本を書きたいと夢みている。通りやアパートや町や部屋や家や、家と呼ばれうるあらゆる場所について。

私は窓辺に座り、メモをとる。澄んだ闇を月が明るく透明に照らしている。雪の吹きだま

＊17　一九三八年生まれ。デンマークで最もラディカルな実験的詩人とされる。自身のソネットの中で、ロマン主義やモダニズムの古典作家との対話を繰り広げたことでも知られる。

りや小川が輝いている。冷たい。満天の星だ。室内の暖かさ、炎からの光、うごめく影。まるで火によって、静なる全てに生命を与えたかのように。静かに佇むものはひとつもない。静寂は動くものだ――まずは中に、やがて外へ。私はここに座り、何でもないことに心をかき乱される。小屋に電池式のラジオがある。深夜十二時過ぎに、ヨハン・セバスティアン・バッハのクラシック音楽が流れる。『私は満ち足りている』（Ich habe genug）。バッハの音楽に私はしょっちゅう涙し、毎回、感謝し、我を忘れる。バッハの音楽というホームに私は立たされる。家でも住まいでもなく。それにも拘《かか》わらず、この音楽の内にいると――どこではじまり、どこで終わるか分からない領域に、私達が歩き、運ぶ、無限のような小さな建造物の中にいると、心が落ち着く。私達は何も所有しない。だが必要なものは何でも手に入る。私は満足だった。

『私は満ち足りている』（Ich habe genug）

『まどろめ、疲れた目よ』（Schlummert ein, ihr matten Augen）

だがこれらのバッハの音楽は、バッハのカンタータは、私を目覚めさせる。私は眠りたくない。私は夜、起きているのが好きだ。しかもこの山では、町で感じることのできる孤独とはかけ離れた孤独を、完全に固有の方法で感じられた。十分過ぎる程、孤独を感じると、自分達が決して一人ではないことに、私達と結びついている誰かが常にどこかしらにいることに気付く。想い、想われる誰かが。今頃あの人は、どこにいるのだろう。今は遠くに行ってしまった彼は、元気でやっているのだろうか？　昨日ここに彼がいたなら、私達は彼のことを考えはしないが、今日、彼が旅に出、彼が遠くに行けば行くほど、彼のことを近く感じる。少なくともしばらくの間――一週間や、一ヶ月は。旅立った彼は、心の中で生きていた。だが彼が戻ってこないと、ゆっくりと忘れてしまう。彼は私達から遠ざかる。どこへ行ったのだろう？　彼は執筆のため、モロッコへ行っていた。二ヶ月間、モロッコに。そうして彼は集中し、落ち着いて仕事ができた。私は彼に思い焦がれた。彼は手紙をくれた。思い焦がれられるのは、何と素晴らしいことだろう。私は二月に戻る。ここは暑くて、乾燥している。ここにいる間、ずっと雨は降らなかった。私達はラマダンに倣い、日が昇る前に食べ、日が沈むと再び食べ、市場のダイニング・テーブルの前のベンチに腰かけ、空腹で疲れ、いらいらしながら待つ。隣の男は口に紙巻きタバコをくわえ、ミナレットからの叫び――祈りの叫びが、私達の耳に届くとすぐに、タバコに火をつけた。それらの叫びは、幸福の波のように、私の中を突き抜けた。私をよい気分にさせるのは、過酷さと単純さだ。ここが私の家だと感じた、と。モロッコが私の家？　私は彼のことが理解できなかった。三ヶ月以上、いないのだから。彼は海のほとりの小さな宿屋の屋根裏にいると書いていた。ポルトガルの古い要塞町で、彼は何もせず、書きも、読みもせず、町を歩き回り、無数の顔や声にかき消されていた。腹が空くのは、何と素晴らしいことかと彼は書いた。リュックに収まり切るだけのものしか持たず、広い空の下、眠るのは何と素晴らしいことかを。彼は幸福だった。彼は一人ぼつちだったのだろうか？　夜には、海の景色にほだされ、太陽の光でからからになった部屋のベンチの上で横になり、紙巻きタバコを吸い、英語を話すモロッコ人の少年と議論した。少年は美しいと彼は書いていた。暖炉から漂う焼けた杉の枝の匂い。土間、絨毯、クッション、ペパーミント・ティー。休み、寝転がり、夢み、時間を忘れること、時間を、我々が生き、追い立てられる惨めな時間を忘れるために、と彼は書いた。四月になったら戻ると書いた。春に戻ると。七月——夏に戻るだろうと彼は書いた。だが私には彼がいつ戻るかなど、どうでもよくなっていた。小人に出会ったから。

今は夜だ。山で明かす夜。十分に暗くなると、ふいに体と足と手が明らかにない顔だけが窓の外につり下がっているのが見えることがあった。その顔は、一瞬光ると、消えた。

火が消える。ランプもラジオも消し、寝室に入り、窓辺に行く。刺すような、冷たい空気。夜の空気だ。暗闇、静寂。一人きり。寝袋の中で、小人を抱く。半ば子どものような、小さく、いびつな体。小人が眠っている。毛布の下で目を閉じ、何も考えず、何の映像も思い浮かべず、ただ眠る。

# 19 太陽からのお告げ

太陽が朝を告げる。日の光は窓を突き抜けるトランペット。誰かが起きろとトランペットを吹く。私は眠り続ける。紙巻きタバコに火をつけ、リュックサックからルソーの本を取り出し、数ページ読む。純粋な喜び——朝、ベッドで読書すること。急ぐ理由はひとつもない。小屋で一日中、本を読み、メモをとる。朝までそれを続けられる。上質なコーヒーと朝食をとり、ベッドへ戻る。だが太陽は輝いている。空は澄み、青く、ファンファーレが「外に出ろ、歩け」と鳴り響いているかのようだ。ブーツを履く。服は乾いている。サンドイッチ弁当を作り、リュックサックを背負い、外に出る。山小屋に別れを告げ、出発する。山で新たな三日間を過ごしに。小屋で二晩、明かすのだ。ノードダルス小屋とソールレンニンゲン小屋で。私は沼地と草地を横切り、蠅や蚊に追われ、鳥が飛び立つのを見つめる。ライチョウが飛び立つ音、鼓動を打つ心臓、先へと進む足——歩くリズム。今、私はそれを見付けたのだ。歩き、休み、食べ、考え、見る。小川の水を飲み、雪の中を再び登っていき、一定のテンポで、高原を半ば滑るように進む。足が独りでに動くかのように。まるで脚が風景を消し去り、目の前に水平線を描くかのように、ゆったりと、滑らかに。それは酒に酔うのと似ていた。上り坂や重いリュック、緊張や不安や痛み、ずきずきする足のマメや、凝って硬くなった筋肉、私を解放するのは、体そのものが恍惚《こうこつ》とすることなのかもしれない。私は何も感じない。立ち止まるまでは。少しの間、休息をとった私は、再び歩き続ける。歩くことが、ある一定の境界線を越える時がある――そこを越えると、もう止まりたくなくなる。私はただ歩いて、歩いて、歩き続けたい。どこだろうと、なぜだろうと、どの方向だろうと、もはやどうでもよい。歩くことは、私の血肉となる。恍惚。自由という恍惚。お前は行きたいところに行ける。好きなところに、好きなだけ。遠くまで歩くことで、普段通りに――元の仕事、元の家に戻るのが難しくなることもあるのか？　私達は新たな何かへと、歩いている。長く歩いていると、段々と長い徒歩旅行に出ているような気分になってくる。足を止め、途中で歩くのをやめもしない。何に向かって歩いているのか？　誰の下へ向かっているのか？　分からないが、私達は歩く。

　私はオートネヴィークへと歩く。山間の小さな村だ。ソグネフィヨルドの景色は圧巻だった。小さな家々に、巨大なフィヨルド。桟橋の周りにひしめく家々、教会。その教会を目にすると私は、イプセンの『ブラン』[*18]を思い出す。あの狂った牧師を。目の前の景色は、牧師ブランのいる景色だった。山々の影、フィヨルドからの冷たい風。ここに彼は住みたかったのだろう。ここで牧師ブランは、神の石造りの祭壇に、我が子を生《い》け贄《にえ》に捧げたのだった。信条には、代償が伴う。苦しみという代償を、お前は払わなくてはならない。それが古い掟だ。ブランの神とは、アブラハムの神であり、ヨブの神でもあり、モーゼの神でもあり、ヨハネの神でもあった。わが息子を何か偉大なもののために犠牲にした男が、他の父に同じことを求めても不思議はない。この道はオルトネヴィークに続く急な下り坂だ。外が暗くなってきた。灯りがつけられた。日が暮れてきた。私は山男、アンダース・ウーヴレブーのことを聞いたり、読んだりしたことがあった。彼はオルトネヴィークに住んでいて、他の登山家達に部屋を貸していた。彼が今も生きていて、見付けられたらいいのに、と思った。最初に見かけた人に――犬を連れた男性に質問すると、教会のすぐ裏の小さな農場にある家を指差した。時間を尋ねると、九時ちょっと過ぎだった。アンダース・ウーヴレブーは生きていたのだ。私が家を見付け、扉をノックし、少しすると、ドアが開いた。老人だったが、顔は若く、半ば子どものようだった。まるで年月が顔に何の痕も残さずに過ぎ去り、代わりに体に痕跡を残したかのように。彼は歩くのがゆっくりだった。片方の足を引きずっていた。「私は二十二時に寝るんだ。毎晩、二十二時に。二十二時前に来てくれてよかった」と彼は言った。彼は私を家に招き入れ、私達はキッチンに、青い部屋に入っていった。ラジオが流れている。彼はコップの中に鍵を見付けた。まるで今になって、全てがあるべき状態でないことに気付いたかのように、私を見つめた。「その服で山を登ってきたのか？」彼は警戒し、怪《け》

＊18　角田俊訳、岩波文庫、一九二八年。

訝《げん》そうにしていただろうか？　いや、そんなことはない。彼は私に鍵を渡し、私に付き添い、農場を通り抜けた。「おお。君の帽子とスーツは、五十年か六十年前に我々がしていたような恰好だな。昔のことを思い出すよ」農家のリビングには、薪ストーブがあった。ウールの毛布と枕の置かれた二段ベッドが三つ。窓辺に小さな机が見える。「私は二十二時に寝る」と彼は言った。「だが明日の朝早く、あなたと話がしたい。八時に」と彼は言った。それから部屋を出た。彼の足取りも動きも、彼が大半の時間を独りで過ごしてきたことを示していた。この孤独の前に、私はただの小さな肉体でしかなかった。ちっぽけな来客。訪ねてきたと、ほとんど気付かれないような。隣の部屋にはシングルベッドと小ぶりのストーブがあった。ストーブに火をつける。服を脱ぎ、ベッドに横になり、リュックからルソーの本を取り出し、数ページ読んだ。夜、寝る前にベッドで読むのにこれ程適したものはない。

## 20　アンダース・ウーヴレブーとオルトネヴィーク

七時半にドアがノックされた。八時にキッチンで朝食だそうだ。アンダース・ウーヴレブーは朝食のテーブルにつき、何か新しいものを期待するかのように、それにその新しいものがいつラジオから現れてもおかしくないと思っているかのように、ラジオをつけっぱなしにしていた。彼は私に、山歩きはどうだったかと聞き、雪の量や、山でたくさん鳥を見たかや、他の歩行者と会ったかなど、細かく知りたがった。いや、誰にも会わなかった。「一番よいのは、山を一人で歩くことだ」と彼は言った。「私はどれだけ歩いてきたのでしょうか？　ベルゲンの中心部から」と私は言った。「それにこの先、どれぐらい歩くことになるのでしょう？」確かなことは分からなかった。まずはフィヨルドを渡って、モーレンのイヴァール・オーヴェダールを訪ねよう。「詩人の？」「はい」「あんたも詩人なのかい？」「いいえ。私は作家です」「じゃあたくさん本を書いてきたのかい？」「八冊です」と私は言うと、話題を変えようとした。「山を登ったのは、もう随分前なのですか？」と私は聞いた。彼は肩をすくめた。「あまりよく覚えていないんだ」虚栄心からなのだろうか、と私は考えていた。彼は自分を大きく見せようとしているように思え、どことなくスヴャトスラフ・リヒテル[*19]を思い起こさせた。大きな頭に、女性的な顔、がさがさした首。太い首。だが長い腕と美しい手は、鼻や口の前にひどく奇妙なやり方で置かれていた。私は映画で、リヒテルがオデーサ

＊19　一九一五年、当時はロシア帝国領、現在はウクライナ領になっているジトーミルで生まれる。二十世紀最高のピアニストの一人と言われている。

を散策するのを見た。彼の歩き方に私は魅せられた。あんな美しい歩き方をする人を他に見たことがなかった。アンダース・ウーヴレブーは座っていたのだが、腕や足は動いていて、話しながら、短い距離を歩いているかのようだった。彼は口数があまり多くなかった。彼は話し、遠ざかり、姿はぼんやりとしていき、最後には、坂の向こうに消えてしまった。数分後、彼はキッチンのテーブルの陰に再び現れた。「何の話をしていたんだっけな？」と彼は尋ねた。「山についてですよ」と私は言った。「ああ、私は詩人に強い敬意を抱いているんだ」と彼は言い、この瞬間、私は、自分達が似ていることに気付いた。彼も私も、ある種、どちらも自分達が一番熟知していることについて話したがらなかった。私達は座り、互いを観察した。彼は私の靴を見つめ、ズボンや上着の素材を観察した。まるで自分を探すかのように。彼はこう考えていたのかもしれない。六十年前の自分はこんな恰好をし、こんな風に振る舞っていたことだろう、と。「いいや、今、君は行きなさい」と彼は言った。まるで彼自身についての決断であるかのように。彼はどこにも辿り着かないものの、常に動いていた。

「十時に船が来るよ」と彼は言っていた。

　波止場へ歩いていくと、店があった。そこで私は自分とイヴァールのビールと、紙巻きタバコを数箱と新聞を買った。新聞は自分のために買ったわけではなかった。ボートが到着した。小さなフェリーだ。そこには人も車も乗っていなかった。乗客は私だけだったが、フェリーに乗り込み、モーレン行きの乗船券を買った。最後に私がそこへ行ったのは、三年前だった。モーレンのフェスティバルで朗読をしたのは、三年前だった。イヴァールは私が来ると知らないようだった。彼が家にいるか確かではなかった。いなかったら、山を越え、ヴァドハイムを目指そう。ヴァドハイムから、サンデに続く古い郵便道路を辿り、そこから、ビュグスタッドにあるオーセン農場から四、五キロのところにあるシュグナのファミリーコテージに続く道沿いを歩こう。私はフェリーに乗り込み、デッキに立ち、バッハの『平均律クラヴィーア曲集』のプレリュードとフーガを演奏するリヒテルのことを考えた。リヒテルの手が歌い、歩く。彼の手は、まだ私が知らない道を下るのだ。

# 21　私は人間とブーツの歌を歌うよ！

私は人間とブーツの歌を歌うよ！　ブーツがないと、旅はできないから。放浪者を最もしばしば悩ませるのは、薄くすり減った靴底だ。昨年の春、バイエルンからベネチアまでやって来た友人二人は、荷物をあらかじめ送ってあったし、リュックをちゃんと背負っていたが、ブーツが足に合わなかった。足の痛みを忘れようと、ビールをたくさん飲もうと、山小屋から山小屋へと急ぐ。彼らはまだ山の上にいるのだ。

スティーヴン・グレアム[*20]は、『歩くことの穏やかな技術』[*21]の中でそう書いている。次のような感嘆の言葉で彼はそのエッセイを終えている。「底が分厚く、良質で、裏地が革でできた靴を履くべきだ！」私は道沿いを、アスファルトの上を歩いている。ひどい足の痛みに、アスファルトを呪いたくなる。アスファルトは私の力を奪っていく。アスファルトは歩くのに最も不適切だ。石よりも悪く、山よりも悪い。アスファルトは硬いし、死んでいる。私はコンクリートが背中や肩や首までも痛め、頭にまでその痛みが広がり、黒いタールのような思考で頭が一杯になると知っている。そしてアスファルトの道沿いを五時間歩けば、アスファルトのことや、どうしたらそこから逃れられるかしか考えられなくなるのだ。私は道の端を歩く。ビョルヴィーク、サーゲヴィーク、ハルスネス、ホルメリッド、ストランデネス。ダルス・フィヨルドに近づく程、水は塩気を帯びていく。水辺の海藻を目にした私は、泳ぎたい衝動に駆られ、水に飛び込んだ。雲やラウケランスヘステンやフロイエンのような山々が反射する水の中を泳ぐ。ラウケランスフォッセン滝を見ると、恋人が欲しくなる。だが私には恋人がいて、ついこの間、彼女の下を去ったところだ。旅に出て、そろそろ二週間経《た》つ。ベルゲンからモーレンのイヴァールのところまで徒歩で来て、彼の家で二晩を、シュグナの小屋で二晩を過ごしてきた私は、今日は朝早く起きて、ビュグスタッドへと旅立った。ビュグスタッドで私は買いものをした。新しい靴下を三組と、マメに貼る絆創膏と、ビールとタバコの数ケース。アスファルトには、分厚くて強いかかとも太刀打ちできない。足が燃えるようにひりひりしている。私はブーツと服を脱ぎ捨て、フィヨルドに飛び込み、泳ぐ。私は雪解け水と塩の味を感じ取れた。ヴェストランズ・フィヨルドの味は、川や小川、滝が海と出会うことで呼び起こされる。海について虫の知らせがする。私は海に向かう。太陽の下で休み、体を乾かし、草の上で横になり、眠る。目を醒ますと、もう午後だ。私はパンとソーセージを食べ、ビールを飲む。簡素な食事だが、私は満足だった。ダーレに向かって歩き続け、足下の森床と草と沼と土に焦がれる。私は四つのトンネルを抜け、車が横を通る度、湿った冷たい山壁に体を押しつける。山や森に焦がれつつも、人口密集地へと歩いていき、ガソリン・スタンドを通り過ぎ、ここで食事と寝床にありつけると知りながら、一戸目のテラスハウスと庭を通り過ぎ、さらに店やウィンドーを通り過ぎるのも、また格別の喜びだ。

　教会の裏手に、クロッカー・ガーデンがある。ここでヤコブ・サンデが育った。現在は、この詩人の名前を冠した部屋が貸し出されている。私は〝眠る女〟という名前の部屋に泊まることになった。ベッドが二台と、サイド・テーブル、読書灯、窓辺にレースのカーテンが

＊20　一八八四年、英国のエディンバラに生まれる。ジャーナリスト、紀行作家、エッセイスト、小説家。

＊21　*The Gentle Art of Tramping*　未邦訳。

掛かっていて、そこから広い平野を見渡せた。よい部屋だ。私は洗濯をし、髭を剃り、清潔な新しいワイシャツを着、埠頭のそばにある二階建ての古い木造の宿へと歩いた。窓辺のテーブル。ボトル入りのワインを頼む。付け合わせにじゃがいもが添えられた美味しい食事。コーヒー一杯、紙巻きタバコ。私のテーブルの周りを半円状に取り囲む、女性達。彼女達は地中海に行くのだそうだ。地中海について、地中海のビーチについての話をする。太陽、暑さ。彼女はすでに地中海にいて、地中海の海岸を半裸で駆け回っているのだ。そして一番端の、半分暗い場所に、男が三人いた。男達は、ヴォスから来た三人の演奏家で、その前はスン・フィヨルドにいて、仕事でハウグランドに演奏に行く途中だと分かった。私は自己紹介した。「そうだ、私達は道沿いを歩くあなたと車ですれ違ったよ」とペール・インドレフースが言った。それを聞いた私は何かを、何か古いものを思い出した。「あの道を歩く人は今ではもういない」と彼は言った。ホームレスも、旅行者も、放浪者も（男も女も）いない。皆、いなくなってしまった。どこに行ったのだろう？ 納屋から干し草がなくなり、ホームレスが暖をとる煉瓦《れんが》造りの避難所も閉鎖されてしまった。道は舗装され、車により、ゆっくりしたものは淘汰《とうた》された。「ノルウェーの近代化のプロセス全体が、ホームレスを排除した」とインドレフースは言う。「ロッテニッケンを思い出す」とインドレフースが言う。「それにヘンリック・ラーセンを」演奏家達が道を歩いていた。プロイセンの友人の作家、ハンス・アレクサンダー・ハンセンも。彼はホームレスであり、飲んだくれでもあった。ヤコブ・サンデは若い頃、放浪者であり船乗りだったが、オスロで座礁したのだとインドレフースは言った。首都西部で教師として、見知らぬ人々に囲まれ、難破し、身を落とした。夏に、彼はコッベシェーレットに上陸したのだが、そこでアルコールに溺れてしまった。彼は小屋の扉のすぐ外で歌いながら沈み、溺れていたとインドレフースは言った。彼は歌い、大声でがなり立てていたので、レンディングまでその声は聞こえた。エスペダル[*22]まで彼の声が響き渡ったと私は言った。ランプが明滅していた。ちかちかしているのはランプか、と歌い手が尋ねた。閉館時間なのか、寝る時間だとインドレフースは言った。寝る時間だ、とインドレフースが言った。だが私達はクロッカー・ガーデンの外の芝生に座り、缶ビールを飲んでいた。インドレフースはA・O・ヴィンイェは放浪者であり、詩人でもあり、首都を離れたいと夢みていた、と言った。なぜなら、首都は思考だけでなく、人をも老いさせるからだ。

だから山へ行こう
田舎者みたいに行こう
そして知り合いを探し、
自分自身のことは忘れよう。

＊22　ノルウェー西岸の谷、集落。

「そうだ。ヴィンイェの『旅の記憶』[*23]だ」と歌手は言った。それはノルウェーの文学史で最もまともな本だ。その結末は、乾いていて、不完全だ。ヴィンイェはこう書いている。

「おお、この国。この山村」と男が私に言う。「おお、この国！　これは天使のための国だ」

「もしそうなら」と私は答えた。「その天使はあまり食べていないんだな」

「そうだな！」と彼は答えた。「……デンマーク程、穀物がとれないからな。だが……」

「だが」と私はすぐに言い足した。「この国には、穀物を食べる男達がいる」

「確かに！」と歌手は缶ビールを掲げ、言った。ヴィンイェはそこで本当はこう書くつもりだったのかもしれない。

〃だがこの国には、穀物を飲める男がいる〃

# 22　美容室で

分厚くて白い布団を掛け、完璧な枕の上で一人、目を醒ます。早起きし、横になって、起きる最良の瞬間を待つ。太陽がベッドの足下を照らす時、またはしばらくして、太陽が顔を見付け、去る時。先延ばしにする。寝坊する。私は慌てて目を醒ますと、二日酔いで、首を虫に喰われていることに気付く。髪を引っ張り、こめかみを叩く。私は抗うことなく、シャワーを浴びる。私に必要なのは、美味しい朝食とコーヒーだ。私に必要なのは、再び道に出、夜とアルコールの残骸を振り払うことだ。そこはダーレの中心部にあるパン屋で、自家製パン、淹《い》れたてのコーヒー、新聞、窓際にはテーブルがある。バス停と銀行、行き過ぎる人達や顔と手が、窓から見える。それに彼女の歩く姿や、髪が前方になびく光景が。教会の墓地と白い教会の方へ。二人の少女がボールで遊ぶ広場に、細長い影を落とす。太陽とボール。私は古い、説明のつかない恐怖に駆られる。太陽とボール。不穏な影。私は勢いよく立ち上がり、外に出た。

＊23　一八六一年にA・O・ヴィンイェが書いた紀行文。詩と散文の形式を行き来した実験的な作品。トロンハイムで行われるスウェーデン王カール十五世の戴冠式を見に、徒歩で旅する様子を綴った。

ショッピング・センターの中に、美容室があった。ごく普通の内装の。鏡と、並べられた椅子、洗髪台、ハサミ、櫛を置く棚。心地よい照明。清潔な匂い。バリカンの音。滑らかな会話、にぎやかな声。私は待合室の椅子に座って、新聞をめくり、待った。髪を切っていたのは、三人の若い娘だった。私はそのうちの一人を、一番美しい女の子を待った。私はいつもそうなのだ。

　髪を切る。目を閉じる。再び目を開けた時には、お前は変わっているだろう。より鋭く、より清潔で、より年をとったように感じるだろう。

　新しくなった感覚。お前《私》は変わらないが、そのあり様は変わっている。お前が年をとったのは、明らかだ。髪が短くなったことで、顔立ちがはっきりして見える。大きな鼻。鼻が成長している。瞳が飛び出ている。瞳が光に敏感な鼻のように、顔から飛び出している。青い虹彩とユリの花。葉の形をした柔らかな口に、殴られ、傷つけられた跡がついている。お前の過去が、ゆっくりと鏡に映し出される。若い頃の私は、どこにでも転がっていそうなありふれた顔をしていた。いかようにもなれそうな、主張のない顔。殴り合いやボクシングをするようになって初めて、顔に傷ができるようになった。すると私の顔は、独特の風貌に変わった。細く、硬く、毅然《きぜん》と。私は自分の顔の可能性を狭めることにした。素朴な顔になりたいと思った。そういう顔は、常に変化し、硬くならず、眠ることなく、自分の顔かどうか分からなくなることもある程だ。

散髪がどうも好きになれない。それでも強迫観念に駆られたかのように、頻繁に髪を切る。生涯、追いかけてきた人を、諦めようとするかのように。だが、髪を切れば切る程、自分らしくなっていく。それに髪を伸ばし、髭を生やし、眼鏡もかけてみた。新しい服、やや大き過ぎる上着、皺の入ったズボン。数キロ太り、いや、ぶくぶくと太り、歩き方が変わり、足取りはのろのろと、重くなる。もはや腕を振りはしない。ある日私は帽子を買い、決して脱がなくなった。帽子は私の頭の一部と化し、私の髪の上に常に鎮座するようになった。そろそろ髪を切らなくては。床屋へ行こう。そこはイスタンブールの裏道にある、小さくて貧相で汚い床屋だった。隠し事のない人が来る店だ。髭を剃られた無防備な顔。

「あなたの言う通り、あなたがハウグランドまで歩いていかなくてはならないのなら」と彼女が言う。

「森の道を歩くようにしないと。ダルス・フィヨルド沿いを歩き、農場が見えてきたら裏庭を通り、古い道路を進むと、看板や標識の立つ森の小道に着きます。森を通り、山を登っていくと、尾根にハウグランド・センターと湖が見えてくるでしょう。素敵な場所ですよ」

素敵な場所か。さて、どういう意味だろう？　私はまたフィヨルド沿いを歩いていた。散髪したてで、上機嫌で。オープン・サンドと水の入った水筒をリュックに入れて。私は小人に打ち明けた。「彼女は美しかったんだぞ」と。彼女の名刺と名前がここにある。彼女がくれたんだ。開店時間と電話番号が書いてある。どうして、私にくれたのだろう？　あそこで髪を切ることは二度とないのに。

静寂。私の足音。私はあまりに長い間、一人だった。

明日、彼女に電話しよう。土曜だ。電話しない理由はない。失うものは、何もないのだから。向こうも嫌なら、断ってくるだろう。断られても、私は全く構わない。一番は、彼女が断ることだ。実際、断られる可能性は高いだろう。もちろん彼女は断っていい。「水筒をくれ」と私は言うのだろう。私は農場の前を通り過ぎ、庭と果樹の前を通り過ぎ、門をくぐって、草地を横切った。

門を抜け、草地を横切り、また別の門をくぐり、アスペンと白樺の下をくぐると、坂に心地よい日陰があるのが見えた。柔らかで、良質な敷物だ。私は葉の敷かれた屋根の下を歩く。

比較的、短い散歩だった。私は頂上で食事をとると、岩にもたれた。背中が温かくなる。抱きしめられているみたいだ。私は首筋を岩の裂け目に押しつけ、湿った苔に手を当て、中指を差し入れ、目を閉じた。「お前はもう随分、長いこと、一人だな」と思う。

## 23 ファウンでの一夜

その日は土曜。私は美容室に電話した。そこでヤンネに声をかけた。

「髪を切ってくれたのは君だったよね。昨日。私は君に会いにハウグランドまで歩いてきたんだ」と私は言う。

私は彼女に滝のような勢いで話した。まるで彼女を溺れさせようとするかのような言葉の濁流。かすかな迷いが、決意に変わったのが分かった。彼女のノーという言葉から。「泳ぎに行こうと思ったのに」と私は言った。「泳いで、食事し、散歩ができたのに。話をすることだって。無下《むげ》にしないでくれよ。イエスと言ってくれ。それで、食事して、散歩すればいい」長い沈黙の後、ヤンネは、「考えてみるわ」と答えた。三十分後に、かけ直してくれと。

二十分後、私はかけ直した。「何だって？」と聞き返す。何と言っているか、聞きとれなかったのだ。彼女は躊躇《ちゅうちょ》し、間を置いて、何やら言っていた。

「もちろん。約束するよ」と私は守れもしない約束をした。

ヤンネ。彼女が車でやって来た。シルバー・グレーのトヨタ・カローラに乗って、ジーンズにワイシャツ、茶色い革のブーツを履いて。サングラスとタイトなデニムのジャケットに身を潜めて。

私は彼女の後について、小屋へと歩き、その長い脚と小さなリュックを背負った華奢《きゃしゃ》な背中を見つめた。「荷物を下ろしたらどうだい？」と私は言った。彼女がリュックサックを床に置くと、私は小屋を見せた。キッチンと狭い寝室、風呂場、テラス——それらの機能を備え、木のベンチもある小さなリビング。

　私達はテラスに座って話をした。彼女は話の途中、質問を差し挟んだ。「私は二十六歳。あなたは？」彼女は言った。「私は夜間学校に通っているの。あなたは何の仕事をしているの？」

「来るんじゃなかったな。私の悪いところなの。断れないところは。私は断るべきだったのよ。断ったら駄目だった？　私はあなたの顔が、髪が好きだったの。髪を切ったことで、私があなたの顔を造作したような気分になった。あなたの顔が自分の顔みたいに思えた。私はその顔をめちゃくちゃにすることもできたし、悪意を抱き、その容姿を台無しにもできる。でもそうはしない。そして私がうまくやれて、うまく髪を切れたら、あなたが実際より美しく見えるのは、自分のおかげと考えるようになるのよ」

「美容師のことどう思う？　上《うわ》っ面《つら》だけの仕事かしら？　ばかげたことに人生を棒に振っていると思っている？　私達はひたすら髪を切るけれど、数週間後には、髪が再び伸びてきて、一ヶ月後にはもうせっかくの髪形が見る影もなくなっている。庭みたいなものよ。手入れが必要なの。私は庭師みたいなものだと思っているわ。絡まった毛や逆毛《さかげ》、うねり毛や縮れ毛をまっすぐにしてあげる。でも髪は伸びる。髪との闘いは不条理よ。髪とは永遠に闘わなくちゃならない。私は、世界最古の職業に就《つ》いているの」と彼女は笑った。

「私はキリスト教徒で、キリスト教教育を受けてきたの。厳しくて、よい教育だったけど、役に立たなかった。私には欠点がある。半ば過ちと呼んでいい程の致命的な欠点が。病気と言っていい程の。その欠点とは、断れないところなの」

ヤンネ——彼女は話した。テラスの影が長く伸びている。彼女は飲みものを欲しがった。大きな口。青のアイシャドーが載せられた瞼。彼女は飲んでいた。私達は散歩に行かなかった。泳ぎもしなかった。食べるのを忘れた。私はヤンネの話に耳を傾けた。初めは耳で、次第に目で、やがて全身で。私は手で聞いた。額と口と舌と指で聞いた。

彼女がしゃくり上げ、泣き出すのが聞こえる。

彼女が呼吸し、息を止めるのが聞こえる。

呼吸をしていない。静かだ。ほとんど死んでいるみたいに。

すると彼女は絶頂に達した。

ヤンネ。

彼女は私の名を大声で呼んだ。

彼女のことを知りもしない私を。

彼女は服を着たまま寝ていた。かぶった毛布の下からブーツが飛び出している。朝だ。日の光が窓から差し込み、カーテンとリビングのテーブルのそばのランプを照らしていた。私は水辺で泳いでいた。朝食を作り、コーヒーを淹れ、コンロのプレートでパンを焼いた。彼女は目を醒ますと、たちまち泣き出した。彼女は言った。「約束したのに。私に触れないって。慎重になるって約束したじゃない。食事をして、話をして、散歩をするんじゃなかったの？ 私には恋人がいるのに。それに私には、大きな欠点がある。恐ろしい過ちが。誰かから間違ったやり方で触れられたり、手を伸ばされたりしても、つい屈してしまう。相手が誰でも。私は病気なんだわ」ヤンネは——彼女は言った。「私、戻らなくちゃ。車で帰るわ。あなたはどこかに行って頂戴。何事もなかったかのように。何もなかったのよ。なかったことにしましょう。過去に葬り去るのよ」

## 24　一人で歩くか、仲間と歩くか

私は岩のそばで目を醒ますと、半分眠り、半分座っている。どれくらいの間、眠っていただろう。日が暮れてきた。もう午後だ。私はダーレへと引き返すところだ。フェリーに乗って、フィヨルドを渡り、ダーレからアイケネスに行くことにした。私はアスクヴォルに続く道沿いを歩き、海に向かう。

　ベルゲンとトロンハイムを繋ぐ古い郵便道路の一部が復元され、フレッケとダーレを示す標識が立てられていた。そこを歩くことで私は何ら喜びを感じない。道も、風景も、農場も、植生も思い出せない。木も山も思い出せない。周りのことは気に掛けず、ヤンネのことを思う。

　私はダーレに戻ると、友人に電話をした。彼はフューデに暮らしていて、そこにいつも私達は読書したり、休息をとったりするために行っていた。彼はアスクヴォルで私と会いたいようだった。アスクヴォルの酒場で夜に。ダーレからアイケネスまでフェリーに乗り、そこからホルメダールまでヒッチハイクした。運転手はそこからフィヨルド沿いの旧道を行き、ヴィークとヴォーダルを通るよう助言をくれた。「美しい道だよ」と彼は言うと、エンジンをかけ、走り去った。確かにその道は美しかった。だがアスファルトの道を歩くことで私の足に深刻な問題が生じた。足に大きな傷ができ、一歩進む度に、痛みが伴い、歩く度、燃えるような痛みが伴った。歩くのが痛いということ以外、何も考えられなくなった。芝生に座って、寝そべり、休めたらどんなにいいかと考えた。足を高く上げる。両足は心臓のように脈打っている。宙を浮かんでいるみたいだ。決して止まろうとしない歩く機械のようだ。ドクドク脈打ちながら、歩き続ける機械。私は日陰でしばらく横になっていた。絆創膏と靴下を交換し、道沿いを進んだ。足から血が流れている。数時間後には、痛みは落ち着いていた。私は傷を負った動物のように歩き、足を引きずり、飛び跳ね、片足跳びで歩き、立ち止まった。しかし、痛みはある意味、よい刺激だった。痛みのおかげで、自力で歩いているのを、歩くことには代償が伴うのを思い出すことができたから。その代償は足で払うのだ。私はアスクヴォルの中心部へと歩いていき、毎メートル、砂と草に感謝した。海岸沿いを歩き、海水で顔を洗い、ようやく辿り着いたのだとひとかたならぬ喜びを感じた。私はようやく辿り着いたのだ。

　宿屋は桟橋の近くにあった。一階には酒場があった。木でできた長いバー・カウンター。蛇口が二つあり、太陽やランプからの光で輝いていた。暗くなる前に、何か飲みものを頼んで、窓際の席に座り、出入りする人達を、女に男、若き者に老いたる者を眺めさえすればいい。バーの奥に、ビリヤード台がひとつあった。スピーカーから音楽が流れている。後はノートを取り出し、書き、飲み、待つのみだ。

　ウィリアム・ハズリットは、「旅行の説[*24]」というエッセイの中で、一人で歩くのと、仲間と歩くのとどちらがよいか、論じた。一人で歩くのがベストである、という結論に至った彼は、「歩きながら同時に話をすることのどこが賢明なのか分からない」と述べている。ハズリットは孤独、自由、行きたい場所に行けることに価値を置いた。好きなところに、自分のペースで行けることを。周囲に溶け込み、邪魔されず、深い思考にふけることを。

意見が変わることや、比べられることやアンチテーゼや議論や分析を私程、愛する人はいない。だが私も時折はそれらがない方がいい時もある。

ハズリットにとって、散歩は静寂と純粋な感覚の探求であり、彼は感じ、考え、自分を取り戻したいと考えている。歩くことは一種のお清めであり、他者によりもたらされた汚《けが》れや不愉快さを断ち切ることでもある。歩くことは、最高の社交だ。歩くことで、自分自身と二人きりになれるのだから。

この世で最高のことのひとつは、徒歩で旅することだが、私は一人で歩く方が好きだ。部屋にいる時、私は誰かといっしょにいるのを楽しめるが、戸外にいる時は、自然がいっしょにいてくれさえすれば十分だ。一人でいる時程、孤独なことは決してない。

だが長時間、長距離、歩いたことのある人なら、他人といっしょに歩くことの必要性を認知しているものだ。私がこれまで歩いた中で最も過酷な旅は、同伴者なしには、決して成し

＊24　『ハズリット随筆選』ウィリアム・ハズリット著、出水春三訳、開文社、一九五四年に収録。

遂げられなかっただろう。トルコを一人で縦断するのは不可能だろう。一人でトルコを縦断しようものなら、余りの無防備さに、決して身の安全を感じられないだろう。一人で歩くと、人はしばしば自由であるという感覚を失ってしまう。安全な場所を——くつろげ、休める場所を見付けるのには、多くの時間とエネルギーを要する。安心して寝られる場所。常に慎重で疑い深くなり、四六時中警戒してしまう。特定の地域や家を避けるようになる。行きたいルートも通らなくなり、守りに入り、恐怖に支配される。二人なら、日中、広い空の下、屋外で寝る方が気楽だ。日中は、それぞれで歩く。一人一人だが、ともに。鎖に繋がれていない犬や、見知らぬ人とすれ違う時も、一人で歩く時には決して感じない安心感を覚える。ウィリアム・ハズリットはロマンチストだった。彼は大抵、湖水地方など、安全な環境を歩き、ワーズワスやコールリッジといっしょに歩くのを好みはしたが、一番好んだのは、一人で歩くことだった。だが国境を越え、遠くまで歩こうとする人は、誰かといっしょに歩くことに計り知れない価値を置く。彼が私のように完璧なパートナーを見付けていたなら、そうであるはずだ。

　私はナルヴェ・スコーとトルコを歩いたことがある。ギリシャやルーマニア、イタリア、ドイツを歩いた。ハンガリーやブルガリアもともに旅した。山や町を歩き、国境や国を越えた。短い道も、長い道も歩いた。バーや酒場に行き、どの道を通るか考えるのに、数え切れない程、地図をよく見た。ウェールズを縦断するカンブリア街道、エフェソスからダマスカスまで聖パウロの足跡を辿り、トルコの山を越え、アルメニアとイラン、モロッコのアトラス山脈、ピレネー山脈、ドロミテ山脈、アンデス山脈、ロッキー山脈を縦走する。なぜならナルヴェ・スコーは、何よりも山男であって、下りより上りを好むからだ。彼は低地を歩くよりも高地を歩くのを好んだ。歩くのが大変になって初めて、苦しくなってきて初めて、自然なリズムを見出し、気分が高揚するようだった。彼は芸術的と言える程、荷物を極限まで削っていた。本数冊、予備のワイシャツ、下着、洗面用具に懐中電灯、ナイフ。彼の持ちものはたったのそれだけだった。彼はほとんど何も所有していなかった。彼の暮らす家は、音楽機器とランプ二つ、ベッド一台を除いては、ほぼ空だった。階段の下にベッドを置くことで彼は安心して眠れた。

## 25　道標としての本

ウィリアム・ハズリットは、一八二一年に歩くことについてエッセイを書いた。一七八九年の冬、当時、十七歳だった彼は、牧師のサミュエル・テイラー・コールリッジが新たな信徒らに説教するのを聞こうと、ウェムからシュルーズベリーまで十マイル歩いた。コールリッジとの出会いは、若きハズリットに忘れがたい印象を与えたわけだが、長年、友人関係を続けるうちに、若き日の憧れは、親愛の念に満ちた、激しい嫌悪に変わった。友人コールリッジについて話す度、皮肉が口をついて出るのだった。

彼の口は分厚く、官能的で、半開きで、よくしゃべった。顎は丸く、彼の温厚さを物語っていたが、顔の真ん中にあり、意思の表れである鼻は小さかった。理由もなく、ほぼ無だった——何をも成し遂げることのない、自らの人生のように。

ハズリットはコールリッジの歩き方に言及せずにいられなかった。それはこの詩人の不安定な政治観とロマンチックな特性の表れだった。ハズリットは生涯、ラディカルで革命的であり続け、コールリッジは決断力のなさと諦念を帯びた控え目で保守的な人生観に囚われるようになった。

私は彼が舗道の端から端へと移動することで、私の歩く道を絶えず横切るのに気付いた。その動きは奇妙に思えたが、その頃の私は目的意識のなさや、生まれ持っての堪《こら》え性のなさから、基本原則を守ることができなかった。彼はまっすぐに歩けないように見えた。

歩き方や政治観が一致していなかったにも拘わらず、ハズリットとコールリッジは友人であり続けた。ハズリットのエッセイで彼がワーズワスやコールリッジと知り合った二十年後に書いた「詩人達と私の最初の出会い」の中で、ハズリットは詩人達が彼にどんな風に考え、見、書き、歩く方法を教えたのか語った。

コールリッジはでこぼこの畑を歩いたり、雑木林の尖った枝をかき分けたり、道を進んだりしながら、詩を書くのが好きだと言っていた。一方、ワーズワスはまっすぐに続く砂利道や、詩の自由な流れを妨げない自然の中の一画を歩きながら、いつも（できる時には）書いた。

詩人らは、不毛な大地もなだらかな大地も、急ぎ足で歩きながら、書いた。ウィリアム・ハズリットはルソーの本をリュックに忍ばせ、散歩した。彼はメモをとり、エッセイを書いた。それらの試みが、自身の執筆ジャンルのルーツとなった。そのジャンルとは、旅行記だった。それから数年で、ロバート・ルイス・スティーヴンスン[*25]は、『徒歩旅行』[*26]を書いた。

レズリー・スティーヴン[27]は「歩くことを称《たた》えて」[28]を書いた。ジョン・バロウズは「道の高揚」[29]を、スティーヴン・グレアムは『歩くことの穏やかな技術』を書いた。ヘンリー・D・ソローは、『ウォーキング』[30]というエッセイを書いた。

> 父や母、兄弟、姉妹、妻や子を置いていく覚悟があるのなら、彼らと二度と会えなくなる覚悟があるのなら、借金を返し、あなたの遺言をしたため、あらゆる色恋を整理するなら、もしもあなたが自由な男なら、あなたは歩く準備ができていると言えるだろう。

一八五五年の秋、ウォルト・ホイットマンは自身の著作『草の葉』について、三つの異なる雑誌に自ら書評を書いた。ホイットマンはホイットマンについてこう書いている。

> 無礼な恥知らずの民の子！　模倣でも異人でもない、アメリカの発展形であり、アメリカ的表現でもある。

数ヶ月後、ホイットマンは、〝野人〟を見ようとボストンからブルックリンまで旅してきたソローの訪問を受けた。ソローはホイットマンが礼儀正しくて、身なりのよいビジネスマンだったことに驚いた。

私は彼に出会ってからというもの、彼の執筆に見られる煩わしい自慢やエゴイズムに心を乱されることはなくなった。

ホイットマンは当時、建築業に思索を巡らしていた。彼は詩集の中で、自らのことを、労働者の服を着て、シャツの襟元を開け、帽子を斜めにかぶり、あらゆる点で、ホームレス、放浪者のようだったと描写していた。彼がかつて出た旅で最も長いものは、ブルックリンからニューオーリンズまでの旅だった。友人らは彼のことを習慣の人、家を愛する人、自らの日常的な循環、慣れ親しんだ循環をどうしても離れたがらない人だと言った。それは、創られた姿であり、写真上の男だった。あらゆる旅行詩のうち、放浪者、ホームレスが最も健康的で最も強く描かれていたように私に思えるのは、『大道の歌』（*Song of the Open Road*）だ。

＊25　一八五〇年、英国エディンバラで生まれた小説家、詩人。ヨーロッパ、アメリカ西部、南太平洋の島々を歩き、一八九四年、サモア島で亡くなる。代表作に『宝島』や『ジキル博士とハイド氏』他。

＊26　『スティーヴンソン作品集：1』R・L・スティーヴンソン著、酒井善孝他訳、文泉堂出版、一九九九年に収録。

＊27　一八三二年、ロンドンで生まれる。文学史家、思想史家、登山家。ヴァージニア・ウルフの父。

＊28　*In praise of Walking*　未邦訳。

＊29　*The Exhilarations of the Road*　未邦訳。

＊30　大西直樹訳、春風社、二〇〇五年。

徒歩で、軽やかな心で、私は大道に出る
健康で、自由で、目の前の世界が私の前にあり、
私が選ぶ場所へと連れて行ってくれる長く茶色い小道が目の前にある。
これからは、私は二度と泣きごとを言わない、二度と先送りにしないし、何も必要としない。
屋内での不平不満も、図書館も、不満だらけの批評も、もうたくさんだ。
力強く、満足して、私は大道を歩く……。

## 26 日記

夕食の後（つまり私達は四時半頃に、出発したのだった）、私達は手紙をとりに、ライダルに行った。雨は雪をろくに溶かせない程、冷たかった。私達はウィリアムの靴に入れる藁《わら》

を探しに、パーク家に立ち寄った。若い母親は、末の子を膝に乗せ、焚《た》き火のそばに座った。私達は病んだ郵便配達員と、ホーズ越えの旅について話した。私達は夜中に歩いてきたと話した。ヴィリーはかつて暗い中、その道を歩き、行方不明になった三人の男の話をした。彼らはランタンを持っていたが、小さな森の湖でランタンとともに忽然《こつぜん》と消えた。ヴィリーは彼らの上着が葬儀の前日にパッター谷の酒場の前に干されているのを目にした。びしょ濡れで、ライダルまではるばる歩いていかなくてはならないという考えに打ちひしがれ、冷たい雨の降りしきる道を歩いていった。ところが海辺に戻る前、背中に小さな木箱を背負い、腰の曲がった病んだ友人と出くわした。「どこに行くのですか？」と彼はいぶかしがった。「手紙をとりにライダルに行くのさ」「箱に二通、あなた宛の手紙があるよ」蓋を開けると、そこに手紙があった。かわいそうに、男は大股で急ぎ歩いていたが、間もなく手紙を持って家にやって来た私達に大きく後れをとった。私達はもう歩かなくて済むことに感謝していたが、歩き過ぎて完全に疲弊していた。そう考えた私は、私達の運命を彼の運命と比べずにはいられなかった！　毎朝、彼はゆっくりと散歩をはじめ、大変な一日の日課をこなした後、家に引き返すのだった。そして彼はこのことを、いくら疲れていようと、夕飯を食べる時、感謝も喜びも知らずとも、ベッドで眠ること以外に楽しみにできることがなくても、当然のことと見なしていたので、私は彼が申し訳なく思っているとも、面倒だと思っているとも思えない。

こうドロシー・ワーズワスは一八〇二年二月八日月曜の朝、日記に書いた。郵便配達員が毎日、手紙を入れた箱を背負って歩かなくてはならないように必要性に駆られて歩くのと、ワーズワス兄妹が湖水地方を憩いのために散歩したように、自由意思から、散歩や自然を楽しむのとでは大違いだという内容のメモだった。

散歩や、詩やエッセイ、日記や手紙など散歩にまつわる執筆で歩くことをロマンチックな習慣に変えたのは、ウィリアム・ワーズワスとその妹のドロシーだとよく言われる。彼ら以前は、歩くことは必要性に駆られて行うことと考えられていた。仕事などの事情から、歩かざるをえないため、もしくは馬や乗り物で移動する余裕がないため歩くものと考えられていた。歩くことは、放浪や犯罪、社会的困難や貧困と結びつけて考えられていた。みすぼらしい道は、物乞いや放浪者、貧民や失業者、音楽家、行商人、ホームレスが歩くもので、彼らは誰も道を歩く生活を叡知《えいち》や自由に続く啓蒙の旅といった理想的なものと見なしてはいなかった。ワーズワス兄妹は、このことを分かっていた。彼らは貧困を知ろうと、常にそれに真剣に向き合ってきた。反逆者であり革命家でもあったウィリアムは、詩の中で社会から阻害された人や貧しき人、社会の不公正さや階級の差を思い、常に慈愛の念と思いやりを持って描き続けた。一七九〇年の夏、彼は友人のロバート・ジョーンズとヨーロッパを縦断する長い徒歩旅行に出て、フランス革命の勃発を目撃した。この革命にワーズワス達は明らかにシンパシーを覚えていた。翌年の夏、彼はいよいよ本気で放浪者になり、その後の人生を放浪の旅に捧げた。彼は相変わらず落ち着きがなく、貧しく、有名になり居を定めてからも、それらを変わらず友とした。妹のドロシーは、ヴァージニア・ウルフにこう評された。

　リビングの窓からドロシーは外をのぞき、行き過ぎる人達を眺めた。通り過ぎるのは、背中に子どもを背負った背高《せいたか》の物乞いの女や、老いさらばえた兵士、中を興味深げにのぞき込む周遊旅行中の婦人方を乗せた宝冠付きのランドー馬車ぐらいだった。金持ちや気高い人達が通っても、彼女は気にも留めなかった。彼らは大聖堂や美術館、大都市のようには彼女の関心を惹くことはなかった。ところが彼女は扉の外に物乞いを見ると、中に入るよう言い、あれこれ質問せずにはいられなかった。「どこに行っていたのですか？」「何を見てきたのですか？」「お子さんは何人いらっしゃるのですか？」彼女は貧しい人々の生活を、丘と同じ秘密を持つものであるかのように、探究した。

　ドロシーの日記は英国文学で最も偉大な作品のひとつだ。彼女は自然について探究するのと同じ言葉と精密さをもって、貧困について探究し、次第に彼女は観察物を正確かつ詳細に描写する言葉を発展させていき、当時の最も偉大な自然の表現者となった。彼女の時代に、彼女の友人コールリッジやハズリット、ド・クインシー、兄のウィリアムにより、英国文学は再定義された。後から思えばコールリッジを評価したハズリットの目は確かだった。不安定だったのは歩き方だけでなく、彼の書きようもまた、まっすぐではなかった。そしていくつかの独立した詩を除いては、彼の作品はウィリアムやドロシーと同じような物差しで読むことはできない。ヴァージニア・ウルフは、こう書いた。

彼らにとって道は不確かで、雨風をしのげる場所はどこにあるのかも分からなかった。彼らが知っていたのは、ずっと先に滝があることだけだった。ついにコールリッジは歩けなくなった。彼は関節リューマチだった。アイルランドの軽装二輪馬車は、悪天候を遮る傘にならなかった。旅の仲間達は、皆黙り込み、夢中だった。コールリッジは彼らの下を去った。だがウィリアムとドロシーは歩き続けた。二人は放浪者のように見えた。ドロシーの頬は、ロマのように茶色かった。服はぼろぼろで、仲間の足取りは速く、醜かった。ところが彼女は疲れ知らずだった。その目は衰えることはなかった。彼女はあらゆるものを見ていた。

# 27　試み

私は日記を書いていた。窓際の机から、プレジャー・ボートが所狭しと停められる比較的小さな船着き場とフェリー乗り場を見渡せる。男《私》は住み慣れたわが家であるかのように、小さな居間とランプ、テレビモニターのある海に浮かぶその水上家屋のソファに座っている。男は休暇をとっている。その快適な居間は、閑散としてはいるが、何も置いておらず、何ら新たな場所に辿り着かない点では、旅ではなくなっている。小さな波や少しの風と雨を除いては、自分の居間のソファに横になり、旅をし、不安などなく、すでにいる場所を目的地に海を漂うのだ。旅をしているのではない。眠っているのだ。

豪華客船、車、大き過ぎる家。それらは肥大化していく。豊かさも肥大化していく。ところがそこに暮らす人間は小さくなっていき、ほとんど見えなくなり、自らの住み処へと消えていく。周囲から遠ざかることで、新たな富に資するように思えるのかもしれない。自分を高みに据え、自然から孤立し、未知のもの、見慣れぬものを閉め出す。旅をわがものにし、金を払って、不快なことや困難から逃れる。それら全てが、新たな予期できない経験に繋がりうるのに。完全に新しい種の愚かさに、金を注ぎ込んでいるように思えるかもしれない。

新しい富の愚かさよ。大き過ぎる別荘や家の愚かさよ。ひしめく自家用車の愚かさよ。一体、一人何台、車が必要なのだろう？　ひとつの家に、部屋はいくつ必要なのだろう？　資本家はトイレをいくつ必要とするのだろう？　社会はどれ程の愚かさに耐えうるのだろう？　金をすぐに浪費することの愚かさよ。消費の愚かさよ。強欲さの愚かさよ。新しい富の愚かさよ。

窓辺の机から私は天井に並べてぶら下げられたビール・グラスや、長い木製のバー・カウンターを見る。バー・カウンターの陰を行ったり来たりする人影に背を向け、カウンターにもたれる三人の背中。行ったり来たりしているのは、黒いシャツを着、水色のジーンズの腰回りに黒いエプロンを巻いた二十代の娘だった。男《私》は彼女を見るのが好きだ。私は彼女を見るのが好きで、私達は彼女を見るのが好きで、彼女は視線を浴びるのが好きだった。部屋には老いも若きも集《つど》っていた。隣の部屋では、ビリヤードが行われていた。グラスとボールの音が、体と体がぶつかり合い、押しのけ合うバーを貫き、壁にぶつかり、ドアに落ちた。外にタバコの煙が漂っている。声の響き、タバコの匂い、タバコの炎。暗くなり、日が沈み、柔らかな青い光を残していた。真夏《ミッドサマー》の夜だ。深夜十二時、アスクヴォル教会の丘でシェイクスピアの『真夏の夜の夢』の公演があるという看板が掲げられていた。地元の俳優達によるもので、脚本は方言を使った新訳だそうだ。入場チケットは、百クローネだった。食べものと飲みものと敷物と座るものを持ってくるように、とのことだ。

私は友人を待った。

ワインを注文し、テーブルにつき、書いた。歩くことの意味は何だろうか？　車を走らせるのでもなく、船や電車で旅するのでもなく、なぜ歩くのだろう？　どうして飛行機に乗らないのか？　他の人達みたいに旅し、他の人達みたいに動かないのか？　私は車の運転が大好きだ。ハンドルの前に座り、エンジンをかけ、走り出し、音楽を大音量でかけ、タバコを吸い、窓を下ろし、スピードを上げる。私は列車に乗り、窓の外を眺めるのが好きだ。小説を注意深く読みながら、景色が通り過ぎるのを眺めるのが。ヴァクス谷、トレンゲライド、ダーレ、エヴァンガー、ヴォス、それに初雪、初霜、ヴァングス湖岸の凍った岩壁に雪が積もる中、初めてキスしたこと。冬、夏、春、通り過ぎる列車。私は飛行機に乗るのが大好きだ。空の上に座り、空の上で眠り、空の上で夢みるのが。私は眠り、起きる。空の上で朝食を食べ、テレビを見、食事時にワインを、コーヒー・ブレイクにウィスキーを、デザートにジンを注文する。そうして空の上で酔いどれ、空中でより身軽に、より自由になる。だが私が一番好きなのは、ボートで旅することだ。埠頭のターミナルに入り、船の底の船室を見付けるために、舷門《げんもん》に上がる。魚の腹、深海で横になり、エンジンや海の音に耳を澄まし、灯りを消し、休み、船を走らせ、大きな腹で深くまで沈む。夜、母、誕生、死。私は船底で涙を流した。

言われてみれば、船に乗れるのに、なぜ歩くのだろう？　車や飛行機に乗れるのに、何のために歩くのか？　この遅さ、この孤独、これら全ての苦労とストレスはどこから生まれるのだろう？　気付かれることのないこの反逆、耳に届くことのないこの反抗、違ったこと、難しいことをしようというこの試みは、何のためなのだろう？　私は常に違った生き方をしたいと願ってきた。促されるのとは、正反対の生き方をしたいと。子どもの頃から、指図された通りにすることに、強い嫌悪を抱いてきた。私は常に自分自身にとってとにかく困難なことをしようとしてきた。決して簡単なことでなく、決して単純でもなく、負担が重く、自分自身にとって常に不可能なことをしようとしてきたのだった。そのことで私はどこに誘われていきたいのだろう？　私は定職に一度も就かず、家も家族も定収入も得られなかった。私はこの借家で、ロマ音楽を聴いている。

　ルーマニアのロマバンド、ファンファーレ・チォカリーア、タラフ・ドゥ・ハイドゥークス。私は彼らの演奏をフルデで聴いたことがあった。フルデの民族音楽祭で。住人のロマが舞台に上がっていた。アコーディオン、シンバル、フィドル、歌とフルート。ぐんぐん、速く、速く、弧を描きながら。ドレスがないと、結婚式にならない。まるで音楽が私達の服を脱がせようとするかのように、テンポを上げていく。上着を脱がせ、靴を脱がせ、ドレスを脱がせ、婚約破棄させ、仕事を首になり、家を売り払い、道を踏み外せと音楽が言っているかのようだ。とにかく踊れ！　と。私はその音楽をルーマニアで再び耳にすることになる。ロマの町で教師をしていた二人の姉妹とナルヴェと私が、シギショアラをがたがたと揺れる

## 浮遊

遠野遥

高校生のふうかは、会社経営の男の家で柔らかいソファに座り、男の元恋人を象ったマネキンの下、夜毎ホラーゲームで悪霊たちから逃げ続け――。芥川賞受賞作『破局』を超える衝撃。

▼一六五〇円

## 何食わぬきみたちへ

新胡桃

向き合わずにいられて、安全圏で生きられて、いいな――。イジメを見てみぬふりした自分に嫌悪を抱く伏見と、障がい者の兄と暮らす敦子。傷だらけで世界への違和にあらがう高校生たちの物語。

▼一五九五円

## カラッポの主人公 名作マンガ再々読

かめはめ波は出ないのに理屈ばっかり出てくる――。爆笑必至、だけど哲学的!? 大人になってしまったあなたへ贈る、名車で後にした時、カセット・テープからその曲が流れたのだ。トランペット、トロンボーン、クラリネット、ホルン、コルネット、チューバ。それは悪魔の音楽に違いなかった。車を止め、ロマの暮らすマハラで何が待っているか警告してきた二人のルーマニア人の姉妹の後部座席で、我を忘れ、狂ったように泣き叫び、酒を飲み、歌っていたのだから。ロマに会うと、ロマについてのあらゆるロマンチックなイメージが打ち砕かれる。新たなイメージが形成される。消えたイメージと同じぐらい不鮮明で、空気のような。残されるのは、村だ——薄ぼんやりとしていて、今にも崩れ去りそうな村とぬかるんだ道、ヨーロッパの心臓部に巣くう形容しがたい貧しさ——それにロマのように生きるのは不可能だという知識だ。少なくともホームレスであること、貧しさ、疎外感や孤独感において、私達には何かしら共通するものがあると想像していた私にとっては。ところが、そうではなかった。私達は同じ貧乏人、ホームレスではあっても、そのあり様《よう》は完全に異なっていたのだ。阻害され、孤独である理由は、完全に異なっていた。私達は違っていて、互いを理解しえない。出会いには時間とオープンさ、忍耐と勇気が必要にも拘わらず、私達はそれらをどれも備えていなかった。私達はやって来ては去り、打ちひしがれ、黙って村を出、ルーマニア人の家族と暮らしていた家に戻った。そこを私達は自分の家のように感じていた。恥知らずだって？　そうかもしれない。本棚と本、ダブル・ベッドと自分用のテレビのある部屋、浴室、テラス、リビングに降りることのできる広々とした階段、母親と祖母、二人の娘——女達がオープン・キッチンで食事をこしらえる二階建ての大きな家で。笑いとタバコ、ウォッカ、甘口の白ワインにフルーツとレモンソーダを入れたサングリア。髪をポマードで固めた誇らしげな父親に両腕を広げ歓迎された私達は、十二人の家族と友人の食事や飲みものが用意されたテーブルのあるダイニングのガラス戸をくぐる。音楽にダンス、旅を続ける私達を称える盛大なパーティー。恥知らずだろうか？　いや、そんなことはない。恍惚となり、酔いどれ、冒険心と感謝に心満たされている。ビザカードとノルウェーのパスポートを持つ裕福なボヘミアン達。放浪者のような服装で徒歩旅行してはいるが、実は暮らし向きのよい放浪者、特権的な旅人だ。

　私はここで、友人を待っている。

　アスクヴォルの酒場で、ナルヴェ・スコーを待つ。ナルヴェがフルデからバスでここに来たら、二人で翌日、船でブレマンゲルに行き、グロトレの海岸で数日、休む予定だ。クリスタルのように澄んだ長い、白い海岸。そこで私達は休み、泳ぎ、太陽の下で横になるのだ。いつものように話をし、議論して。砂の上に横たわり、いつものように本を読み。行き過ぎる歩行者を横目に、いつものように海岸で眠り、焚き火をし、ワインとブランデーを飲むのだ。心が躍る。月明かり。今夜、シェイクスピアの『真夏の夜の夢』が上演される。これから長い祭りの時間の、夏と冒険がはじまるのだろうか？　それとも「ピュラモスとティスベーとその恐怖に満ちた死についての深い悲しみの喜劇[*31]」のように劇中劇がはじまるのか？

# 28　真夏の夜の夢

夢。夢とは何だろう？　私はある夢から目を醒ました。つい数秒前、自分が何を夢みたのか、完全にはっきりしたところだ。覚えていようと、自分自身に言い聞かせた瞬間、何もかもがはじけて消えた。私は夢を全く覚えていない。まるでそれが現実で、重要なことであるかのように、ひどく具体的に、過酷に描かれていたように思えた。だが起きて、目を開けるや、たちまちその夢は溶け、消えてしまった。私は夢を失ったのだ。鍵をなくすかのように。私は住まいの扉の前に立った。中に入りたい。家に帰りたい。だが鍵をなくしてしまった。見当たらない。閉め出された私は、借りていた家の外に立ち、ポケットを探った。キャッシユカード、薬、小銭。だが鍵はなかった。数分間、お前《私》はホームレスになった。私は何をしたらいい？　月明かりの差す夏の穏やかな夜だった。私は外で眠ることにした。庭のリンゴ

＊31　シェイクスピアの『真夏の夜の夢』の一幕二場で、職人達が公爵の結婚式の夜に公爵のために演じた劇。シェイクスピアはこのような劇中劇をしばしば用いた。

の木の下のある場所に、寝場所を見付けた。小枝と上着でベッドを作る。セーターを毛布代わりに掛けて。木の下で、枝と星の光を見上げ、鳥達の不穏な声を聞く。眠らないのか？　明日、彼女が鍵を持って来る。私が同居する女性が。今、私は夢を思い出した。私はあなたが私の下を去る夢を見た。私は一人だった。再び一人になる夢を。

　夢を見ていたようだ。だが、それがどんな種類の夢か言い表すのは、人知を超える所行だ。あの夢について言い表そうとするのは、あの夢について説明しようとするのは、愚か者だけだ。私が手にしていたものが何か——それが何かは神のみぞ知る——を口にするのは、愚か者だけだ！　それをかつて聞いたことのある目はないだろう。見たことのある耳も。または味わったことのある手も。私が何を夢みたか理解できる舌もないだろう。

　ナルヴェによるこの言葉は、『真夏の夜の夢』の中で職人シッテルが眠ってしまって、劇の上演最中に目を醒ました直後に言ったセリフのパロディだった。「ピュラモスとティスベーとその恐怖に満ちた死についての深い悲しみの喜劇」、劇中劇であり、夢の中の夢で、シェイクスピアの『真夏の夜の夢』の一部でもあった。ナルヴェと私は、木と林に囲まれたアスクヴォル教会の後ろの丘で上半身を半分起こして横になっていた。真夏の真夜中、月明かりが差している。私はこれより優れた舞台の演出を見たことがない。こんなにも長い間、よい意味で苦しんだことはこれまで一度もなかった。腹を抱えて笑った次の瞬間、異変に気付いた。誰かが泣いている。母親がしっと言い、父親がタバコをふかしはじめた。自分達までもが一部と化したその舞台に、観衆がどう反応するのか、私達は見聴きすることができた。

アパル　シッテルが帰宅したという話を聞いた人はいるかい？

ノーロイエ　いいや、シッテルはさらわれてしまったんだ。

フロイテ　シッテルが来ないなら、芝居はおしまいだ。やれっこないよな。

アパル　彼だけだ！　アテネの職人で、ピュラモスを演じられる人は。

フロイテ　そうだ――彼は明らかに、この町の職人で一番頭がよい。

アパル　容姿も一番だ。それに甘い声のparamour《愛人》だ。

フロイテ　paragon《手本》だろ。paramour《愛人》だなんて、ああ、なんて品のない。

ナルヴェ　今、君自身にも、制度としての演劇が、いかに過剰か分かるだろう。自然の中で劇をした方がいい。もっといいのは、芸術を捨て、嘘と劇を捨て、人生そのものを劇に仕立て上げることだ。

トマス　いいや、横になって、君を見つめると、誇張したり、控えめに言い過ぎたりしているように思える。君は私の下から、そして君自身の上からものを言う。芸術をなくせとは君には言えないだろう。

ナルヴェ　芸術は虚栄と俗物の所産であって、人生に全く必要ないものだ。少なくとも、私達が真に生きているのなら。

トマス　私達はここでシェイクスピア劇の最中にいる。君は笑い、私は泣く。君は私達が生きていないと言うのか？　ここに私達が半分死に、完全に死に、横たわっていると言うのか？　私達が芸術を葬り去った方がよいと？　私は芸術に触れることで、より強く、より容易《たやす》く、人生を生きられると言いたいのだよ。

ナルヴェ　このシェイクスピア劇は、劇場が下らないものであることの証拠だ。だから私は笑い、君は泣く。私達はどちらもここに座って、劇の傍観者になるより、森を駆け回り、愛し合う当事者になりたいはずだ。

トマス　それでも私達に、ある逆説《パラドックス》について考えさせるのが、シェイクスピアだ。それは、私達が傍観者、もしくは参加者になるべきか？　それに私達が挑発され、笑いものにされる時、私達が自分自身の愚かさの目撃者である時、そこに加わるべきか？　ということだ。

ナルヴェ　偉人、シェイクスピアから、私達が学ぶことはない。劇場は私達をよりよい人間にはしてくれない。劇場は純粋な娯楽であり、気晴らしでもある。シェイクスピア劇の大半が、私達に教えてくれるのは、誤解と劇に浪費するには、人生はあまりに短く、儚《はかな》いということだ。

シッテル　皆様方、私達は婦人方のところに獅子を放つ前によく考え直さなくてはなりません。そうです、どうかどうかお願いです！　これはとても深刻な問題です。まさにこの獅子よりも恐ろしい野生動物はこの世にいません。なので私達は考えるべきなのです。

スヌーテ　そうしたら彼が本物の獅子ではないことを告げる、新たな前口上《プロローグ》といこう。

シッテル　いやいや、私達は俳優の名を言わなくてはならない。そして彼は顔の半分を、獅子の喉から出し、口を使って、聴衆に語りかけ、おおよそ次のようなことを言うべきだ。「婦人方！」または「美しき女性の皆様、私からあなたにお願いしたいことがございます」または「私はあなたにこう願います」または「私はあなた方に恐れないよう懇願する。震えるようなことは何もありません。私はあなた方ご婦人方に、私の人生を捧げます。もしも私が獅子としてここにやって来たとお思いなら、それは誤解です。私が獅子なら、私には自らを咎《とが》める理由があります。だが私は獅子とは程遠い。私はごく普通の人間なのです」

## 29　屋外で眠る

私は屋外で眠るのがずっと好きだった。高地や森、友人の家を訪ねている時は、家のすぐ外、木の下の庭、またはテラスでシートを広げ、寝袋に潜り込み、広い空の下で横になる。私はできるだけ頻繁に、屋外で寝る。茂みや木の下、屋根のある場所、森の中の空き地や海を望める場所など、特別に適した場所を探して。ここで私は横になり、屋内で寝るのがいかに素晴らしいか、思いを巡らせる。こうして私は、外で寝る練習をするのだ。

昔の知り合いに、自宅で決して寝ない主義の人がいた。彼の名前は〝外で寝たい人〟という意味を持っていた。これは苦い記憶ではない。

そうエリック・サティは書いた。彼は自身の作った曲を、〝音楽調度品〟と呼んだ。それらは、暖房、照明、換気と同じ機能を持つべきだと彼は考えた。彼はそのアイディアを、気を散らすような中身を排した、良質な肘掛け椅子と同等の性質を持つ芸術を夢みていたマティスから得た。サティは大半の時間を自宅以外で過ごした。友人の家やカフェで。または通りを歩いた。そのため、彼が借りた部屋は、貧相で冷え冷えとしていた。サティは豊かさを愛したが、コルトー通り六番地の小さな部屋の装飾は簡素だった。暖炉に鏡。窓（「私はベルギーまで見渡すことができる」）と長椅子。ベッドは手製だった。小さな部屋で数ヶ月過ごした後、サティは貧しさゆえ（「貧しさは、大きな緑色の目をした惨めな幼い少女のように、私の部屋にやって来る」）、さらに小さな部屋に引っ越した。部屋はあまりに狭く、ドアがベッドにつっかえて開かない程だった。訪ねてきた人は体を縮こまらせ、ベッドの上に這いつくばって登らなくてはならなかった。部屋に隙間風が入り、寒かったので、サティはブーツと服を着たまま眠っていたと、そのうちの一人が書いている。だが、屋外で寝なくてはならないような名前をした男と比べ、サティの場合は金銭的に恵まれていて、悠々自適な生活を送っていた。私の名前は、屋外で眠りたい人とは無縁で、私の家族は皆、屋内で寝るのを好んだ。それは代々してきたことで、その習慣を当然のこととして私も、初めて屋外で寝た夜まで完全に続けてきた。スペインでのことだ。私は友人と旅行中だった。ヨーロッパを列車で縦断していたのだ。私達は十七歳と十八歳だった。サン・セバスティアンからしばらく北岸を歩こうとしたが、荷物が重すぎたので、足を休ませなくてはならなかった。そこでサントナ・ラレードからは列車に乗った。数時間後、ビスカヤ湾沿いを地方列車が通り過ぎる時に白い湾が見えるや、すぐに列車を降りた。その白い湾は、ビスカヤ湾沿いを行くローカル鉄道で通り過ぎた多くの小さな中継地とは、どことなく一線を画していた。蛇行する列車の鉄橋から、海岸が一瞬、のぞいた。それは私達二人ともを反応させるのに十分な光景だった。海岸は橋下の景観の岩の空隙にあり、細い川が渓谷を下り、海に注いでいた。海岸は森と周りの丘に、部分的に隠されていた。ささやかな秘密。私達は一斉に立ち上がった。私達が知らない人や知り合いに心動かされたのは、その瞬間だった。私達は言葉をいくつか交わし、最初の駅で電車を降りた。

私達は線路沿いを歩いて引き返し、橋のそばで足を止めた。渓谷の間の川に橋が架かっており、海岸に降りるには、その橋を渡らなくてはならなかった。橋は一本道で狭く、長さはおよそ二百メートル、足下の川まで五十メートル以上降りなくてはならなかった。私達はどうしたらよいのだろう？　友人のエリックは線路に耳を当てた。電車が来る前に、橋を渡り切れるだろうか？　我々は列車を待った。列車が通り過ぎるのを待ってから、橋を渡った方がいいというのが我々の見立てだった。だが、列車は来なかった。もしも列車が来たら、走って、鞄《かばん》を投げ、手すりによじ登り、橋の外側につかまって、最善を祈ることで意見が一致した。私達は二人とも、鉄道のレールに長いこと耳を傾けていた。無音。無音、無音。聞こえないリズム、見えない列車。そこで私達は走り出した。走って、橋を渡った。どの方角から列車が来るか分からなかったが、走っている間、私達はどちらとも列車を見、聞いた。両方向から――あらゆる場所から、来かねなかった。鳥のように空からやって来るのが見えた。呼吸する船のように、列車が空からやって来るのが見えた。だが私達が空中を走り、橋の上を飛んだというのは、空想に過ぎなかった。その日が夢に変わった。

　ビーチは軍の駐屯地の延長線上にあった。そのビーチで海水浴をしていた人達は、兵士や将校の家族、息子や娘、女性や子どもだった。私達は服を脱ぎ捨て、波の中に走って飛び込み、泳ぎ、笑った。兵士の楽園だ。私達は海岸の小さなレストランで食事した。張り出し屋根のある日陰でビールを飲み、じゃがいもとタマネギ入りのスパニッシュオムレツを注文した。私達の三人の女友だちの隣のテーブルで。三人はストローでコーラを飲んでいた。私達はここはどこかと尋ねた。すると彼女らは、あなた達はこの辺りの人ではないのかと聞いてきた。違うと私達は答えた。彼女らは私達に説明をしてくれた。途中で今は私達と口をきくことはできないと言われた。父がいるからと、軍人の。彼女は目を閉じて、ストローを私達に向け、私達が死んでいるかのように、プゥー、プゥー、プゥーと音を鳴らした。私は彼女が十七、六歳か少し下なことに気付いた。目を背けるのは難しかった。

「あなた達、どこに住んでいるの？」と彼女は低い声で尋ねた。「ここ、海岸で寝泊まりしているんだ。ロマのようにね。いや、白いロマかな？」笑い。「暗くなったらまた来るからね」

私達は暗闇の中で待った。川の水で体を洗い、髭を剃った。清潔なシャツ、ボトル入りのワイン。私達は木の下でそれぞれ寝転がり、タバコを吸いながら話をした。ようやく日が沈んだ。横になった私達は、声や足音に耳を澄ましたが、波と木々を撫《な》でる風の音の他に、何も聞こえなかった。海岸のレストランで、灯りが消された。車が走り出し、丘の斜面をうねる道路をライトで照らす。やがて暗くなった。しばらくすると、月や星が現れ、波が収まり、海が鎮まった水面と砂に、小さな光の足跡をつけた。

彼女らは姿を現さなかった。

私達は横になって、雲を観察した。夜が波のように辺りから引き、暗闇の絨毯の陰に隠れたかのようだった。私達は取り残された。今、私は夜と眠気を待った。私は眠っていたのだろうか？　誰かが口笛を吹く音が聞こえた。すると例の三人の娘達が、ワインと炭酸水の入ったバケツを、いや、ブリキの缶を運ぶ小グループを引き連れ、やって来た。テレサという名前の娘が丈の短いシャツとハイヒールで先頭を歩いていた。化粧をしていて、さっきよりも大人びて見えた。「来たわよ！」と彼女は声を張り上げた。「護衛に友だちを連れて。この人達は兵隊のプゥー、プゥーよ」

　私達は海岸で焚き火をした。少年の一人が、ギターを持っていた。彼は歌い、プラスチックの筒をくわえ、トランペットみたいに口笛を吹いた。私達は手拍子し、女友だちと順にダンスした。私はテレサという名の彼女をつかまえようとした。「私はテレサ・トラス」と彼女は言った。背が高く、陰鬱で、長い髪をポニーテールにしていた。「マヨール・トラスは私の父よ」と彼女は言った。美しく白いバストが、シャツの下から透けて見えた。「アンナ・トラスは母なの」私達はダンスした。私は彼女を離したくなかった。私は彼女を抱きしめた。決して離したくない誰かを抱きしめるように。私はそれを言葉にし、彼女に伝えた。「君を離さないよ」彼女は笑うと、体を引き離そうとした。「アントニオ・トラスは私の兄よ」と彼女は言った。そして今回、彼女はギターを弾いていた少年に向かってうなずいた。彼は私達を目で追っていた。彼女は私の腕の中から逃れようとしたが、私は彼女をきつく抱きしめて離さなかった。「君を離さないよ」と彼女に言った。焚き火の向こうから、彼女達は私達に向かって声を張り上げた。すぐに私は、彼女を離したら、彼女は屈するだろうと思った。「明日、会いたい」と私は言った。彼女はうなずいた。私は彼女と二度と会えないだろうと分かっていた。私達は他の人達といっしょに座り、私が彼女を離したにも拘わらず、彼女は私のそばを離れなかった。「私はトマス・トラスさ」と私は言った。喜びもつかの間だったが、今でも彼女のことを思い浮かべるには十分な時間だった。美しく、生意気そうな顔、真剣な瞳、背が高く、あるがままの体。私は彼女を抱きしめ、離したくなかった。

　夜中に雨が降り出した。耳栓をするのがエリックの習慣だった。私は眠れなかった。頭の中で私はテレサ・トラスのシャツとスカートを脱がせた。彼女は裸になった。顔に打ち付ける雨。濡れて、興奮した舌。私はびしょ濡れになりながら、寝袋を開け、エリックの方を向き、彼の肩を揺さぶった。エリックが目を醒ました。耳栓を片方、外して。イラッとしている。「何だよ？」と彼は怒鳴った。「雨が降ってきたぞ」と私は言った。「だから何だって言うんだ？」と彼は言うと、背を向け、眠り続けた。そうだ、私はどうしたいんだろう？　思わず笑ってしまった。雨が降ろうと、私になす術はない。雨に降られるまま、仰向けになった。葉に打ち付ける雨の音に耳を澄ました。森の湿気と口の甘い匂いが漂ってきた。土と暗闇から発されるその匂いは広がった。匂いに貫かれた私は、降伏した。体が痙攣《けいれん》し、ずぶ濡れだったが、一瞬の温《ぬく》もりが溢れ出す。

# 30　海岸で

ナルヴェと私はブレマンゲルランネまで急行船で行き、グロトレ海岸まで歩き、そこで野宿することにした。天気が悪くなるまでは、海岸で昼夜を数回過ごし、その後、北上し、行けるところまで行くことにした。時間は夏中、あるのだから。

アスクヴォルで、必要な物を買った。トイレタリーや足のマメに貼る絆創膏、ミネラル・ウォーター、鎮痛剤、睡眠薬、鎮静剤、救急箱。それらに加え、ナルヴェがフルデで、紙パック入りのワイン二つとブランデーを二本、買ってきていた。私達はそれらを袋に分けた。懐中電灯、サングラス、質のよい鋭利な折りたたみ式のナイフ二本、魔法瓶と、旅の途中で読もうとナルヴェが買ってきていたクヌート・ハムスン[32]の文庫本四冊。二人ともノーラン島に行ったことはなかった。そこまで歩いていこうとナルヴェと冗談めかして話した。『放浪

＊32　一八五九年、ノルウェーで生まれる。一九二〇年、小説『土の恵み』でノーベル文学賞を獲得。ナチスを支持し続けたことで、批判された。

者』の中でアウグストが旅したのと逆のルートを。ハムスンはアウグストが数ヶ月いなくなったと書いたが、その際、彼はポーランドまで船で戻っていったのだ。ナルヴェは軽い登山靴とゴアテックス一式で歩いていた。青のウィンド・ブレーカーとワイシャツ、黄色い防水性のポリエステルのズボンが光っている。今まで見た中で一番面白いズボンだ。それを何度も、いくつもの場所で見てきた。彼はいつもそのズボンで歩いていたから。山でも街でも、バーでもレストランでも。それは美しく、重要なズボンだった、こんなズボンの後ろや横を歩いていて、機嫌が悪くなるわけがない。私はスーツとドクターマーチンのブーツで歩いた。山の頂上や高原、谷や高台で、シャツやスーツを着た他の登山者に会うのは、いつも満足する。

　私達は船首のフロント・ガラスから外を眺めながら、エビのオープン・サンドを食べ、コーヒーを飲んだ。通り過ぎた場所、桟橋、店、待ち人達。こわばった、明るい、忍耐強そうな顔。厳しい自然。山、坂、小農地。小さな場所。広大な場所。過酷な仕事。動物、人間、木々、荒れ地、ボートの保管庫、船。美しき土地。太陽が輝いている。今日は素晴らしい日だ。海は静かで、平らな道のように輝いていて、伸びやかな道のようだ。私達は動かずに、海岸沿いを疾走する。

「私達は世界最高の場所で生きているんだな」と私は言った。「歴史上、一番の。国は豊かになり、私達は一番の金持ちになった。仕事から、責務から、苦難から、家族から、恥から解放された。私達は自由で豊かだ。私は恥を感じはしない」

「お前は恋しくないかい？」

「何が？」

「私達を引き裂いたものが」

「いいや」

私達はブレマンゲルに上陸し、グロトレ海岸に向かった。海岸に。暑さの中、道を歩いていると、庭や家、車庫や車、新しい豊かさを感じる。

「私達はより豊かになったが、建築の質は悪くなった」とナルヴェは言う。「新しい家々は、あまりに質が悪く、醜く、もろい四角い箱で、荷物を載せられた大仰なテラスや華美な装飾が施され、見るに堪えない。豊かさは増しても、暮らしは粗末になった風に見えた。家も、校舎も、ガソリン・スタンドも、郵便局も、スーパーも、全てが悪くなったように思える。私達は豊かになったが、粗末な建物を建てるようになり、ケチになり、命を粗末にするようになった。豊かさとは裏腹に、暮らしは貧しく、悪くなった。豊かさは私達を新たな方法で、より悪い方法で、貧しくした。私達の見た目も悪くなった。体は衰えた。顔も。私達は太り、無気力で、愚かそうになった。まるで制服のように同質な服を着、服も住まいと同じく、悪趣味になった。私達はテレビを見過ぎ、新聞を読み過ぎ、多くの愚かさに翻弄されるようになった。本当にそんな風に見える。周囲を見回してみるとよい！　私達は美をあざ笑う。自然を壊し、景観を悪くする。己のためだけに動物をいじめ、破壊する。私達は誰かの、そして何かの犠牲の上で、豊かになり、そのことで自らの首を絞めているのだ。私は恥じている」

「そうかい」

「他人とを繋ぎ、私達が目にするものの一部に私達を変えるのは、恥の感情だ」とナルヴェは言った。

「確かにそうだ」

気が塞いできた。太陽が空に昇っているのに、暗かった。雲も風もない。この惨めな家や工場のように動物達が貧相にならないよう、よりたくさん卵を産むように閉じ込められている家畜小屋の間をうねるこの長くて黒いアスファルトの道しかない。それともこの静けさは、農夫らの愚鈍さや怠惰さにより生み出されたのだろうか？　農夫はどこに行った？　人間は、家畜は？　草を刈る民は、草を干す女達は、干し草の上で飛び跳ねる子どもらは？　草を食む牛は？　土を蹴る雌鶏《めんどり》は、いななくヤギは、羊は、豚はどこに行った？　馬や犬はどこだ？　そうだ。このノルウェーの風景から、農業はどこへ消えてしまったんだ？

丘の上に、ほとんど忘れ去られたように、いくつもの農場が閉じ込められ、ひっそりと横たわっていた。それらの多くに、低木や小さな木々、アザミや雑草が放置され、生い茂っていた。荒れ果てた家や空っぽの納屋。陰鬱な景色だ。なぜなら私達は消えゆくものを――西ノルウェーの景色が失われていくのを目の当たりにしているからだ。

それは私に廃れゆく工場や産業社会へのノスタルジーを思い起こさせる。小説や本、新聞記事、インタビューの強烈なノスタルジーよ。ノルウェーの近代に起きた顕著な変化に、ノルウェーの農業の衰退がなぜ挙げられないのだろう？

ノルウェーの農業の失墜は、ノルウェーの景観のさらなる大きな破壊と同時進行だ。ノルウェーの風景は、自然と文化という二つの側面から脅かされている。それらは再び育まれ、構築される。郊外でも、建物は大都市と同じように建てられる。初めて目にした郊外の村の景色は、初めて目にした首都の光景と変わらない。ガソリン・スタンド、ショッピング・センター、アメリカ式の一軒家、パラボラアンテナ。恐らくあなたは家を建てる様子をテレビで見たことがあるだろう。広いガレージ、新しい庭、テラス、バーベキュー場。ノルウェー系アメリカ人家族が、ノルウェー人のようないでたちで、庭でバーベキューをしている。アメリカからノルウェーへの移住の方が、ノルウェーからアメリカへの移住よりも大規模だった。だがアメリカ人は特別な手法で、やって来た。彼らは、テレビ機器から直接ノルウェーの日常生活に、ノルウェーの家に、ノルウェーのリビングに、車や船、飛行機を使わずして上がり込んできた。

グロトレ海岸への道で最初に私達の目に入ったのは、ショッピング・センターだった。郵便局、スーパーマーケット、広い駐車場。私達は数箱のビールと、タバコ一箱を買い、駐車場のテーブルの前に座った。疲れて、喉はからからで、黙り込み、暑さに悶えながら。太陽が照りつけている。潮と海の香りがする。白い雲、鳴くカモメ。するとふいに、二人の少女が通り過ぎた。今は夏で、私達は砂浜にいた。幸福感が押し寄せる。私達には何の計画も、目的もない。私達は海岸に横になった。

　グロトレ海岸まで、最後の数メートルを歩いた。家は小さく、古くなった。ここに昔からあった家々だ。雨風にさらされ、増改築を繰り返し、転居や観光で人の移動が絶えず行われてきた。家は簡素で、天候に左右されず、見えないボルトで地面に固定されているかのように建っていた。家々は白と黄――海岸独特の色――砂のような黄色や水色に染まっていた。それに緑のドア。赤いカーテンの掛かった窓。それらは濡れた石の裏側やカモメのくちばしの小さな斑点や、水流の中で動く海藻と同じ色をしていた。海を真向かいに、家々が正面部分を海に向けて、建ち並んでいる。狭い道の向こう側で、海に向かう舌のように伸びる尾根に、風に吹きさらされ、ペンキやタールが剝《は》がれた古い小屋が、岩のように灰色に、あるいは木々のように一様にひび割れ、色を失っている。それに、家と木の間の、ボート小屋と岩の横の、小さなカーブを曲がったところに、海岸がある。グロトレ海岸だ。長く、白い弧、または海を受け止めたお椀のよう。水は絶えず落ち、注ぎ続けている。深夜、海が月の光で凍り付いたかのような、静寂の時間を除いては。そして昼間に、太陽が空の真ん中に昇り、海が静まった。風ひとつ吹いていない。野原と砂の間に生える高い草が、じっと立っている。

私達は海岸沿いを歩き、海岸の端の岩場まで歩いた。ここには洞窟と二つの岩があり、長い浜辺に自然にできた隠れ場所となっている。私達はリュックサックを下ろし、服を脱ぎ、水辺に走り、飛び込んだ。水が冷たい。海は皮膚のように冷たく、硬い。私達は潜り、砂底に沿って泳ぎ、深く潜り、再び水辺に上がる。今、私達は熱を感じている。太陽の熱と塩で、体が浮かぶ。私達は小さな島へと泳いでいき、そこに上陸し、岩場で寝そべり、振り返って浜辺を見る。

こんな美しい景色を見たことはあるだろうか？

いいや。

浜辺とその陰の山、草、山腹を登るフェンス。建ち並ぶ家々、庭、木、静寂と眠りがガスのように、生きとし生けるもの全てを、海岸で寝そべる海水浴客をまるで襲うかのように海岸に延び、砂へと広がる狭い道。タオルや毛布の上に、バスケットやビニール袋、マットレスやパラソルの間に。青白い体が、眠気と暑さで膨れ上がる。水辺を犬が駆ける。鳥が飛び立ち、母親が倒れる子どもに叫び、静寂が破られる。一人の男が飛び込み、車が走り出し、エンジンが眠りゆくものに命を吹き込む。海岸が目覚め、日常と慣れた動きを取り戻す。ボール遊びをし、走り、水浴びをし、泳ぐ。

一日で最も暑い時間が終わった。

一日が戻ってきた。海からの穏やかな風、さざ波、大きな波、太陽の前の雲。私達は陸へと泳ぎ、砂の上で寝そべる。完璧な日だ。私達は太陽の下で横になり、太陽の下で眠り、何もしなくてもよいし、何もしたくない。夢を見るだけだ。私達は何を夢みているんだろう？私は新たな生命が、ある場所から別の場所へと歩くのを夢みた。そんなこと、ありうるのだろうか？　ありうる。どれだけの間？　私には分からない。秋に私達は南へ、冬にはさらに南の北アフリカへ、暑いところへ、常に暑いところへと向かう。どこまで行けるだろう？分からない。まだ自分自身の限界を超えてはいない。目的と時間を常に定めて。常に私は旅に出ていた。短い旅にも、長い旅にも。事前に計画していた期間よりも長く旅することは決してない。二ヶ月。三ヶ月。そうだ、だが私は電車やバス、飛行機や船で帰路についた。ところが私の人生の現時点で、家はない。暮らす場所ならあるが。私は一人で暮らす。床にマットレスを敷き、書き物机と椅子しかない部屋で。ここは待合室なのだ。私は変化を待っている。いいや、私は〝変身〟を待っていた。完全に新しい何かへの。新たな人生？　私は何を待っているんだろう？　新たな人生は、新たな可能性は今日はじまるのだ。ただ起き上がり、立ち上がり、砂や夢を振り払い、スーツを着て、背中にリュックを背負い、大道へと歩き出すことで。

# 第2部

# 1　スポーツとエンターテインメント

昔から歩くのが好きだった。春のある日、散歩に出掛けた。町を出る途中、木の下に一台の車が――赤い革のシートに、黄色い車体のメルセデス・ベンツが停まっているのを見かけた。サイドガラスに段ボールが貼り付けられていて、電話番号の上に、「販売中」と書かれていた。私はその番号に電話し、車を買った。それは私がこれまで所有してきた車で、最も美しかった。メルセデスを買った翌日、山を越え、オスロの宿屋で一泊した後、コペンハーゲンに移動すると、車の後部座席でひと眠りした。そこからドイツを渡り、オランダに行き、ベルギーを通り、フランスとの国境を渡ったところで、シャルルヴィル＝メジエールで車を停めた。そこからは徒歩で行った。まずはマース川沿岸を歩き、その後、アルデンヌ運河沿いを通り、ル・シエヌへ、そこからさらにエーヌ川沿いをヴージエへ向かい進み、森とパリへ続く埃《ほこり》っぽい小道を通って畑を横切り、ランスとパリへ向かった。五日かかった。金曜日には、私は薄汚れ、疲れ果て、大都市を歩いていた。夜は野宿した。私はポルト・ド・クリニャンクールから街に入り、通りと群衆に出くわした。街と騒音に突然阻まれた私は、扉をくぐり、光に――街の光に目をくらまされた。顔、手、目、家、窓、通りが目まぐるしく視界に飛び込んでくる。私はどこへ行くべきなのだろう？ 座って、顔の前に手をかざす。一分か二分。そこで私は飲みものを注文したが、なかなか出てこなかった。ウェイターが手を振り、しっしっと私を追い払った。ホテルの部屋で私は鏡に映る自分を見た。まるでホームレスのようだった。髭は伸びっぱなし、スーツの上着は破れ、膝までズボンが泥だらけの世捨て人。私はクローゼットの鏡の前に立ち、満足していた。私はいつもそんな風貌でいたかった。タバコに火をつけ、ワインのペットボトルを開け、ベッドに横になる。私はよい気分になり、ようやくここまでやって来たのだと感じた。私は別の人間に変わったのだ。

　二日間、ベッドで過ごした。コーヒー、クロワッサン、少量のパンとマーマレードの朝食が、扉の外のマットの上に置かれていた。九時に教会の鐘が鳴り、太陽の光が窓から差し込み、ここがよく知るわが家であるかのように、部屋を歩き回った。私はベッドで朝食を食べた。椅子、書き物机、鏡、ワードローブ、カーペット。全てが部屋の一部だった。ここに居を構え暮らしているのは家具の方で、よそ者はむしろ私だった。ベッドで横になり、セザンヌについてのリルケの手紙[*33]を読んだ。ベッドで横になり、開いた窓を見ることに大きな喜びを覚えた。窓は私のものではなかった。そこから見える景色も、部屋に響く音も。声も足音も、夜の街灯も、何ひとつ私のものでなく、この部屋のものだった。私はベッドに横になり、窓を見て満足した。まるで壁に掛けられた絵のようだ。セザンヌの絵を見たくなかった。リルケを読むだけで十分だった。目の前に絵がありありと浮かぶ。リンゴとワイン・ボトルの置かれたキッチン・テーブル、赤い肘掛け椅子に座る女性の肖像画。「ひとつの人格でもあるこの赤い肘掛け椅子」とリルケは書いた。それを読んだ私は、自分がものや椅子、机やベッドやランプに、いかに思い入れがあるのか思い知らされた。きっとひどく孤独なせいかもしれない。しばらく私はものとだけ繋がっていた。パリに一体、何の用かって？　何も。ただ通りをぶらぶらしたかった。ホテルの部屋の出窓に腰かけ、行き交う人々を見下ろしたかった。それ以上の計画は頭になかった。いや、私はいくつかメモを書きたかったのかもしれない。ある朝、私はエリック・サティが小さな部屋を構えていたコーシー通り二十二番地を目指し、アルクイユ・カシャン行きの通勤列車に乗った。サティは毎日、この住所からパリの行きつけのカフェへと歩いていった。作曲家は通りの飲み屋に幾度となく寄り道した。だがそれ以外は、十二キロも歩き続けた。ようやく座って飲める場所に辿り着く頃には、彼は酔いつぶれていた。夕方には、財布はすっからかんだったが、アイディアは一杯な中、長々、

＊33　『リルケ美術書簡　1902-1925』ライナー・マリア・リルケ著、塚越敏訳、みすず書房、一九九七年に収録。

歩いて帰った。彼は耳にしたことをメモ帳に書き取るため、街灯の下で定期的に足を止めていたという逸話が残されている。ロジャー・シャタック[*34]は、ジョン・ケージとの会話の中で、サティが音楽的リズム感に恵まれていたことや、繰り返しの中にも変化が見られることや、退屈がその人生に一定の効果をもたらしていた背景には、彼が同じ景色の中を来る日も来る日も絶えず行ったり来たり歩いていたことがあるのではないかという理論を展開させた。私はとにかくメモをとるため、同じ道を歩きたかった。私はつまり、歩くことについての本を書きたかったのだ。それはよい案だったが、実のところ私は早々とそのことに関心を失っていた。私は電車で町に出た。地図が示す目的地で、電車を降りると、駅構内のバーに寄った。幸先よさそうだ。男が二人、バー・カウンターに立っていた。私は二人の隣に立ち、タバコに火をつけた。灰皿を貸してくれないかと頼んだが、灰を床に落とせばいいじゃないかと言われた。灰皿にはチップを入れるのだと、店主は言った。私は灰皿に二フラン入れ、吸殻を床に落とした。「フランスの流儀を心得ているんですね」と主人は言った。「もっと飲みますか？」「いや」と私は言った。「なんだ、何も分かってないんですね」と主人は言った。私がエリック・サティの住んでいた家を捜しているのだと話すと、隣の席の男が車に乗せていこうか、と言ってくれた。彼は素面《しらふ》ではなかった。「煙突が四本ある家だ」と私は言うと、車に乗り込んだ。車はメタル・グレーで、あちこちへこんだレンジローバーだった。私達は車でフランスやスペインへ、フェリーでモロッコに移動し、そこから砂漠を車でドライブすることができた。私達は遠くまで車を走らせることができた。猛スピードで街を走り抜けることもできた。だが運転手は酔っ払っていて、廃墟と化した煉瓦造りの家が建つ通りへゆっくり、慎重に、車を走らせた。そこに住んでいた男のように。サティはアルコール依存症で、貧しく、住んでいた部屋は、扉を開けるとベッドにぶつかる程、狭かった。サティは扉を開けなかった。サティは来客を受け付けなかった。受け付けても、せいぜい数回で、晩年の二十七年間で彼の家に寝泊まりした友人は数人だけだった。それが、この家だった。私は車の前方の座席に座り、窓を開けると、なぜだか分からないが、たちまち瞳が涙で一杯になった。私は目を背けた。ひょっとしたら貧困に覚えがあったのかもしれない。孤独に覚えがあったのかもしれない。私の心が不安定なのは、単にアルコールのせいなのだろうか？　私はここで一体、何をしているのだろう？　私は何をしに、ここへ来たのだろう？　「これで見られましたよね。家を」と運転手が言った。「何がしたいですか？　どこへ行きたいですか？」「パリに戻ります」と私は言った。「分かりました。行きましょう」と運転手が言うと、私は抵抗しなくてはならなかった。「私の計画は、街までサティのように徒歩で行くことなのです」と私は言った。「それではつまらないではありませんか」と運転手は言った。彼は運転

＊34　一九二三年、ニューヨーク、マンハッタンに生まれる。イェール大学在学中に第二次世界大戦に従軍。代表作に『祝宴の時代：ベル・エポックと「アヴァン・ギャルド」の誕生』（木下哲夫訳、二〇一五年、白水社）他。二〇〇五年没。

がしたそうではあったが、恐らく、それ以外にも目的がありそうだった。「乗せてくれてありがとう」と私は言った。「いくら払えばいい？」「六十三フラン」と運転手はプロの顔で言った。「酒三杯分の値段です。私は酒を飲みたいんですよ」と彼は言った。「車を売ればいいじゃないか」と私は言った。冗談のつもりだったが、運転手は気を悪くしたようだった。「車から降りろ」と彼は興奮して声を荒らげた。どうやら彼は車で寝泊まりしているようだった。私はつい今しがた、収入源兼住居を、売り払えと宣《のたま》ったのだ。

私はパリへと歩きはじめた。アフリカ人が通りを、ジェラバというカラフルな衣装で歩いている。私の大好きな服だ。私が心を摑まれたのは、その服の中に人が消え、別の人間になるところ――〝変身〟するところだった。ジーパンにパーカー、野球帽にスニーカーといったアメリカンな服に身を包むアフリカンな若者達が、道を歩いたり、街角にたむろしたり、車に乗ったりしている。無気力で、不満気で、音楽を愛し、攻撃的な。嫌悪。反逆。革命？私はベルベル人が経営するバー、ラ・フルーリーに入った。そこでは毎週、水曜と木曜に、ベルベル産のクスクスが出される。ベルベル人はサイコロ・ゲームをした。勝つと、トークン〔代替貨幣〕がもらえるようだ。酒を飲む人々。バーの前に、タバコが捨てられていた。私はエリック・サティのことを忘れていた。彼が歩き、彼の分身とも言えるパリは、もうここにない。北アフリカ人の顔、南国の香り、貧困と不満の臭い、辺ぴな場所のよどんだ空気。これらの荒れた芝生とゴミだらけの裏庭のあるタワーマンションでは、嫉《ねた》みと嫌悪が育まれる。汚染と騒音。私は何を期待していたのだろう？　草原と芝生？　馬と土、静寂と理想か？　現代音楽では大都市のせわしなさや喧騒や混雑した道路が、もう随分前から作品に取り入れられている。私は存在しない町で、想像の過去の世界に浸った。私は茶色いベルベットのスーツと頭にスカルキャップ〔頭にぴったりと密着する縁のない帽子〕をかぶった、ムッシュ・サティの霊の後を追った。私はスーツと襟と胸元に血のついたワイシャツを着た馬鹿馬鹿しい人物だった。鼻血も出ていた。排気ガスのせいだ。私は擦り切れた靴、汚れたズボン、肩から掛けた革のバッグという恰好だった。バッグの中には、ペンと私のノートが。何をメモしよう？　木から葉が生えてきたこととか？　コンヴァンション通り沿いの窓に花が咲いていたって？　デュラントン公園のベンチに、カップルが座っていたことにしようか？　首都はじきに暴動と暴力が多発するようになると？　私はユイスマンスの小説『さかしま』[*35]の主人公デ・ゼッサントを思い出した。彼はロンドンに行こうと突然、思い立ち、数ブロック歩くとすぐに、外国や英国を思い起こさせるレストランを見付けた。それによってデ・ゼッサントは素晴らしい英国旅行に満足し、故郷に戻るのだった。

　三十分後、すでに私は〝アフリカ〟を後にしていた。今、私は、見えない境界線を越え、

＊35　澁澤龍彦訳、河出文庫、二〇一〇年。

フランスの首都を歩いていた。見えないと言っても、変化は感じ取れた。道は静かで、顔は白く、スーツにネクタイなど暗い服を着ている人が多かった。そこはいわゆるビジネス街だった。シトロエンやプジョー、メルセデスやフォードのオフィスが建ち並ぶ。ホテルや地下鉄の始発駅。橋。私はセーヌ川を渡り、サッカー場を通り過ぎた。選手は黒人で、審判は白人だった。私はパリに向かった。街は心と同じく熱かった。バルザックは、パリを「世界の頭」と書いたが、この街は頭であり、心であり、足や手でもあり、腹や胸でもあり、呼吸する肺でもあり、顔や口でもあった。私はテルミヌス・ホテルの前を通り過ぎ、ルクレール将軍通りを歩いた。将軍と聞いても何も浮かばなかったが、ルクレールという名前を聞いて、画家バルテュスのメイドで、ジャコメッティに見初《みそ》められた十八歳のレナ・ルクレールを思い出した。レナは詩人になりたかったが、バルテュスに利用されてしまった。彼は彼女をモデルとして、またメイドとして、さらに愛人としても利用した揚げ句、十四歳と彼女よりさらに若いフレデリッキーという娘に乗り換えたのだ。それは兄のピエール・クロソウスキーの娘だった。レナ・ルクレールは自殺を図ったが、一命をとりとめ、人里離れた山中の屋敷に居を移し、そこで養蜂を営み、庭で植物を育て、詩集『眠るリンゴ』[*36]を書いた。一九八三年に、私は単身、パリに赴き、バルテュスの絵画の回顧展を観にポンピドゥー・センターへ行った。芸術の分野に限るなら、これまでの人生で一番の体験だった。だが当時二十二歳の私が、偉大な芸術作品が道徳的良心の呵責《かしゃく》なしに創られたということ以外、何を学べようか。

だが今は三十九歳にもなったのだから、もっとものを知っていてもよいはずだ。それでも私はルクレール将軍通りを歩き、過去の自分に戻ろうとしていた。もはや私でない何かを望んでいた。

　アムステルダム通りを歩いていると、奇妙なことが起きた。誰かが私の名を呼んだのだ。知らん顔をして歩き続けると、再び名を叫ばれた。どうやら気のせいではなさそうだ。私は立ち止まった。罪を犯そうとしているところで、逮捕されたかのように不快だった。あと少しで目的を果たせそうだったのに——目的とは何だろう？　私は誰も知らない町に身を潜めていたのではないのか？　私は隠れた目的を、秘密の計画を、別の人が——知り合いもいないパリの通りを自由に歩く別の人が抱いていた計画を、心に秘めていたのではないのか？　私の正体を暴いたのは誰だろう？　振り返ると、ベルゲン新聞の文化欄の記者が立っていた。同僚と研修に参加しているようだった。だが私はここで何をしている？　そうだ、私は何を言うべきなのだろう？　何も言えるはずがなかったし、言うべきではなかった。私は本の構想を練っているのだと、そのフローデ・ベルケストランドという記者に言った。そう告げたことで全てが容易になった。数分、話をすると、私は先に進んだ。だが、何かが変わった。何かが破壊され、私はもはやよそ者でなくなった。別の人でなくなっていた。私は何かを取

*36　*Pomme endormie*　未邦訳。

り戻し、数分のうちに、私自身になったのだ。

　そうしてジャン・バティスト通りのこの扉をくぐったのは、他でもない私だった。ピガール広場のすぐ下のスターという名のバーの、スモーク・ガラスのドア。バー・カウンターには、女の子が二人いた。薄緑の、タイトですけすけの上着を着た黒人が、脚を組み、黒い革のスカートと膝まであるブーツを履き、ストローでコーラを飲んでいた。もう一人の少女は東欧のウクライナ出身の少女だと分かった。名前はヴィヴィアンネというらしい。彼女は私の想像していた娼婦とは違い、薄化粧で、短髪で、少年のような顔をしていて、美しかった。服装以外は、自然で普通に見えた。毛皮のコートがはだけていて、下は裸だった。彼女は肌を露《あら》わにした。白い胸、白い肌。それから彼女は再びコートをたくし上げ、指で小さなショーをした。私の視線に気付くと、彼女は再び毛皮のコートをはだけさせ、その瞬間、私は彼女のことを欲しくなった。音楽が流れる中、私達は話をした。彼女は身の上話をした。キーウからパリにダンスを、バレエを踊るためにやって来たのだと。だが、職を失い、今は新しい仕事に就くチャンスをうかがいながら、一時的にここで働いているのだそうだ。「あなたは？」と彼女は尋ねた。「どうしてここにいるの？　恋人はいないの？」

「ああ」と私は答えた。「いるよ。恋人」

　彼女が毛皮のコートのボタンを閉めた時、私と同じく彼女も目を伏せた。バーに座り、話をしていた私達は、互いの嘘を認識していた。私達が席を立つのは時間の問題だった。私はその感覚が好きだった。それは私を脅かした。他のゲストもやって来た。ホールの奥には、女の子がさらにたくさん座っていた。その子達は聞こえない命令に従うかのように、代わる代わる立ち上がった。影絵、声、煙、女と男。

「君の名前は？」と私は尋ねた。彼女は本当の名前を言おうか、それともありふれた名前を――娼婦の仕事で使っている名前を言おうか迷っているのか、答える前、少し言いよどんだ。

「好きなように呼んでくれて構わないわ。私はヴィヴィアンネって言うの。初めてだったりする？」と彼女は尋ねた。

私は首を横に振った。

「高くつくわよ。私の飲み代とあなた自身の飲み代を出さなくてはならないし、私を連れて帰ろうものなら、ありとあらゆる代金を請求されるわよ。部屋代もシーツ代も、タオル代も毛皮のクリーニング代も、あれこれ請求されるわ」と彼女は言った。「持ち合わせはあるの？」と彼女は尋ねた。

私はうなずいた。

「それに考えてみて」と彼女は言った。「私と寝たいなら、さらに百フラン払ってもらうわよ。私に真っ裸になって欲しいなら、この毛皮を脱がせたいなら、さらに百フランかかるの。コンドームを使わないなら、さらに追加料金、百フランよ。いい？」

「よくない」と私は言った。「常連客はどうしているんだい？」

「事前に決まった値段を約束しておくのよ。こうこうこうしたいって細かい要望を聞いて、値段を決めるの。払ってもらっただけのサービスを提供するわ。多くも少なくもなく。一番気持ちよくなれるのは、私が口ですることとね。手っ取り早いし、簡単に終わる。それに得した気分になれるはずよ」

「どうしてそんなことを私に話すんだい？」

彼女は肩をすくめた。

「もっといい提案があるの」と彼女は言った。「明日、休みなの。私はごく普通のことがしたいの」

「普通のこと？」

「レストランで食事して、映画館に行き、ウィンドー・ショッピングするの。私は一人なの」と彼女は言った。「孤独なんじゃなくて、一人なのよ」

「だが」と私は言った。

「値段を高く言うわ」と彼女は言った。「私の値段を言うから、あなたは首を横に振って。金はそんなにないと。ごねるあなたに、私が怒れば、スタッフも怒り出すでしょう。飲み代として、あなたは法外な額を請求されかねない。私はあなたをバーに置いていくわ。マッチ箱に、私の電話番号を書いておいたわ。どうかその箱をなくしも、捨てもしないで、明日、私に電話をしてきて頂戴」

「だが」と私は言った。「私は本当に君が欲しいんだ。今すぐ、ここで。金はある。払えるよ」

彼女の失望が見て取れた。彼女は裏切られたかのように、目を伏せた。

「私は二千フランよ」と大きな声で言った。「それ以上でもそれ以下でもないわ」

私はがっかりして、首を横に振った。「高過ぎる。あまりにも高過ぎるよ」私は声を大きくして言った。すると彼女は憤り、私をバーに残し、立ち去った。

## 2　ジャコメッティと娼婦

イポリット・マンドロン通り四十六番地にアトリエがあった。ジャン・ジュネ[*37]はそこを灰色と表現していた。そこで暮らしていた男は、アトリエのコンクリートの壁と同じく灰色だった。ジャン・ジュネの友人で互いに芸術面において刺激を与え合ったアルベルト・ジャコメッティは、いつも粘土や絵の具で汚れていて、モデルの女性を見つめるのと同じぐらい厳粛な視線で彫刻を見つめ、その彫刻の前に座っていた時ですら、灰色のスーツで作業し、いつもネクタイをして歩いていたためか、灰色で埃っぽいイメージを持たれていた。ジャコメッティはレストランやナイト・クラブや売春宿に行くことで、アトリエを大抵は夜、頻繁に留守にした。彼は服を着替えるのも忘れて、芸術の道に没頭した。そして生活と仕事、日常と仕事、芸術と仕事の違いはないと、全てが仕事だと、売春宿に行くのも仕事だと話した。芸術家の仕事には、あらゆるものが含まれる。朝のシェービング、ネクタイを結ぶこと、イーゼルの前での時間、モデルや彫刻との時間、友人を訪ねること、会話、カフェでの時間、行き帰りの道、町への散歩、ワインとタバコの夕食の時間、延々とタバコをくゆらす時間。これら全てが、ジャコメッティの絶え間ない労働の一部だった。彼は決して休まず、愛し合い、タバコを吸い、夢を見、執筆し、絵を描き、話をし、耳を傾け、見、メモをし、働いた。彼のような働く男に、強く惹き付けられる女性もいた。恐らくそれは彼が女性を愛したからであり、彼が明らかに女性らを崇拝していたからであり、またひょっとしたら写真では見落としてしまう何か光るものが彼にあったからかもしれない。アンリ・カルティエ＝ブレッソンが撮ったジャコメッティの写真を見た人は、ジャコメッティの肖像の通り、美しく、わびしげなことに驚かされるだろう。彼は自身の彫刻のひとつに似て、神経質で、痩せていて、頭が大きかった。自身の作品が生を得たのが、ジャコメッティなのだろう。彼は自分の肖像の中で、自身を創造したのだ。ジャコメッティの場合、それが顕著だった。弟のディエゴの胸像がジャコメッティの肖像の特徴を借りたのか、ジャコメッティの方が弟の胸像の特徴を借りたのかは不明だ。いずれにしても、弟の胸像を見るや、すぐさま、アルベルト・ジャコメッティを思い出すことだろう。

彼は自分の彫刻のひとつを見つめている。

彼：ちょっと奇妙じゃないか？

この言葉をジャコメッティはよく使った。彼自身、少し奇妙だった。ぼさぼさの白髪頭をいつも搔《か》いていた。彼の髪を切っていたのは、アネッテだった。ジャコメッティは靴の上でだぶついたグレーのズボンをたくし上げていた。

彼：外に出て、通りを歩き、醜く着飾った娼婦を見ても、私は服には目もくれず、娼婦しか見ない。だが部屋で娼婦が私の前に裸で立つと、カーテンを見つめてしまうのだった。

＊37　一九一〇年生まれ。生後、すぐに捨てられる。里親の下で育つが非行に走り、独房で書き、地下出版した作品がコクトーらに見出され、彼らの口利きで終身刑を免れ、作家に。代表作に『泥棒日記』（朝吹三吉訳、新潮文庫、一九六八年）など。

私：私にとって、裸の女性はただの服を着ていない女性だ。彼女は私の心を動かさない。私には彼女が女神のようには思えない。だがあなたの彫刻を私は、あなたが裸の娼婦を見るように見るのだ。

彼：私が女性達を見たまま、私の目に映る女性をそのまま表現できると思うかい？

裸の女性を見ても心動かされなかったが、ジャコメッティの彫刻に神を見出したジャン・ジュネは、こう語った。「部屋に彫刻を置けば、その部屋は神殿に変わる」神々しいというのは、ジャコメッティの作った女性像に関してしばしば使われる概念だが、それらの多くは、彼が売春宿で目にした女性をモデルにしていた。ジャコメッティは売春宿に行くのを好み、定期的に足を運んだ。結婚後もだ。結婚しても彼の習慣はいささかも変わらなかった。早朝から夜遅くまで働き、夜は出掛け、朝、自宅のアトリエにタクシーで、一人、または娼婦を連れ、戻った。二時まで寝て、食事をとり、再び仕事にとりかかる。彼は歩く男達の彫刻を作った。恐らく男達は、ジャコメッティの女性像によくある通り、一段高くなったそれぞれの娼婦部屋に女性達が立つ売春宿に向かう途中だったのかもしれない。歩く男達、立つ女性達。扉の内側、家の中にいた彼女――愛する母のように無表情で、街角、もしくは扉の前に立って。彼女は家を滅多に空けなかった。ジャコメッティは生涯、その待つ女性を愛と平穏の象徴と見なした。彼女は名をアネッタ・ジャコメッティといった。アルベルトの妻はアネッテ・ジャコメッティといい、印象的なのは、名前の類似性だけでなく、母と妻の関係の密接さだった。ジャコメッティはその二人を、作品中で隣り合わせにしっかりと並べ、真ん中にジャコメッティが通いつめていた娼婦を置いた。抒情詩人でジャコメッティの友人のジャック・デュパンは次のように言う。

> 　彼は昔の売春宿を恋しがっていた。彼の人生で売春宿の意義は大きかったのではないか。そして売春宿にまつわる逸話がいまだに残されている。彼は売春宿に半ば神に近い意義を見出していた。冷酷な女神のような存在に跪《ひざまず》くため、そこに通った。彼の彫刻が鑑賞者との間に作り出す距離が、恐らく彼とその裸の娼婦との間にも存在したことだろう。ひとつひとつの彫刻が、非常に遠く、深い夜を彷彿とさせ——または夜から浮かび上がってきたかのように思え、それゆえ死と一体化した。同じようにして、娼婦はかつて支配した神秘的な夜に戻らなくてはならなかった。そして彼は海岸に戻り、彼女が小さくなると同時により大きくなっていくのを見つめた。私はさらに考えた。それまで彼女を孤独に縛りつけていた傷をさらすことができたのが、まさに売春宿であったのではないかと。また彼女があらゆる有用な属性から解放され、ある種の清らかさを手に入れるのではないか？

今では、ジャコメッティが娼婦を買っていたのは定説と化している。彼は偉大な芸術家と称されることが多く、実際そうだったが、不快で不穏なのは、彼が不道徳な行いと呼ばれる経験から自身の偉大な芸術を創造したところだった。だが一九二〇年代と三〇年代のパリでは、売春宿を訪ねるのは珍しくなく、売春宿はエキゾチックなナイト・クラブの役割を果たしていた。シモーヌ・ド・ボーヴォワールは、中でも最も有名だったジャコメッティ行きつけの売春宿、ル・スフィンクスについて、回想録の中で次のように書いている。

　ある晩、カフェが閉まると、仲間で連れ立って、ル・スフィンクスへ行った。私も後に続いた。トゥールーズ・ロートレックとヴァン・ゴッホの存在により、私は売春宿をひどく詩的な場所と捉えていた。実際、行ってみて、私は失望しなかった。調度品は、サクレ・クール寺院の内装よりも、むしろ、叫び出したいほど趣味の悪い、ふわふわとした色とりどりのチュニックを着た、光り輝く半裸の女性達の方だった。それらのチュニックは、ランボーがひどく好んだ馬鹿馬鹿しい絵や遊園地の露店より、ずっとましだった。

この有名な教会と売春宿の内装の比較は、私にジョルジュ・バタイユの『内的体験・無神学大全[*38]』での言葉を思い出させる。

私にとって真の教会は、売春宿だ。必要な救済を十分に与えてくれるのは、この教会だけだ。

肉欲は満たされるべきものでなく、探求され、描写されるべきものであり、芸術に昇華されるべきものだ。

私は長らくこのことについて、また排泄《はいせつ》や自慰行為についての他の記憶について書きたいと思ってきた。だがそれでは本一冊にもならないだろう。

とジャコメッティは日記に書いた。

それに一九二三－二四年、パリで娼婦を捜し歩いた私の夜の散歩についても。私は娼婦に取り憑かれたようだった。私を惹き付け、感嘆させるのは道で働く女性達のみで、他の女性達はいないも同然だった。私は皆に会い、皆のことを知りたかった。それで毎

＊38　江澤健一郎訳、河出文庫、二〇二二年。

晩、長く孤独な散歩を繰り返した。

ジャコメッティは歩くのが好きで、パリの通りを闊歩《かつぽ》し、スケッチやメモをした。ジャコメッティにとって、歩く男は一種の理想像だったのか。つまり本来の姿、または理想像。動くこと。歩き出し、腕を振る人物。その人はどこに向かっているのだろう？　その目に映るのは何だろう？　我々はその人物に見覚えがあり、他の場所に行かなくてはならず、他の物事を見なくてはならないが、ジャコメッティの彫刻は自然と人間の二つの基本的な状態——動いている状態と止まっている状態——を解明し、詳述した。

私はパリを回遊し、道を無作為に選び、辿って、目的も意図もなく、歩くため、見るために歩いた。モンパルナス並木通りの一番端の角には、ワイシャツとスーツ姿の物乞いが——三十代後半で無精髭を生やした男が立っていた。私は半ばショックを受け、立ち止まらなくてはならなかった。顔は私のだった。私は立ち尽くし、先に進めなかった。彼は胸の前に紙コップを掲げた。屈するわけでも、懇願するわけでもなく、半ば要求するような、鼻持ちならない威厳を持って。紙コップに金は入っていなかった。私は興奮で震えた。私は向こうに行って、紙コップに金を入れるべきだったのだろうか？　私は自分自身を憐《あわ》れんでいたのだろうか？　私は立ち止まり、紙巻きタバコを吸った。一歩前に進み、また一歩後ずさる。私はこの男のことを、何も知りたくはなかった。私は自分を奮い立たせ、通行人を追いかけた。彼女はハイヒールと短いスカートで、ファイルを小脇に抱えていたが、数百メートル先の見知らぬ人に声をかけられ、立ち止まった。彼は何やら尋ねていた。二人は立ち止まり、そこで話し合っていた。私は通りを渡り、彼が彼女に名刺を渡すのを見、不安になった。その後、私は最寄りのデパート、FNAC《フナック》に入った。そこには複数階に連なる書店があった。二階で写真展をやっていた。マルグリット・デュラスのアパートと家、彼女の部屋の白黒写真が展示されていた。

屋内でこそ、人は一人になれる。屋外ではなく、屋内で。庭には鳥や猫がいる。しかし時には、リスやフェレットもいる。庭では一人ではない。しかし屋内では完全に消えてしまいそうな程、一人ぼっち。

マルグリット・デュラスの孤独。友人や恋人、本にランプ、机や椅子、鏡、絨毯に囲まれた。電話、それはランプの下のウィスキー・ボトルの隣の書き物机の真ん中と、紙の山に置かれている。仕事机。書き物机、灰皿、タバコの箱。ジタン〔フランスで人気のタバコの銘柄〕のようだが、デュラスの姿はない。どの写真にも、彼女はいない。それでも彼女は、そこにいたのだろうか。かの作家は。それぞれの部屋に、家に。目には見えずとも。彼女はいなくなったのか？　生命の灯りは消えていたのか？　彼女は確かにいなかったが、彼女の身の回りの全ての場所にいた。私は二冊、本を買った。『エクリール：書くことの彼方《かなた》へ』*39と『これで、おしまい』*40の二冊を。スーツのポケットに本を突っ込み、通りを再び歩き、大通りを進み、座る場所を探そうと思った。手紙を書きたかったのだ。通り沿いのカフェに三十分ほどいたが、目に入ってくるものが多過ぎて、通り過ぎる人が、行き過ぎる人が多過ぎて、集中できなかった。最寄りの地下鉄駅に行き、そこからポワソニエール駅まで地下鉄に乗り、マザラン通りのホテル・ドゥ・リールまで散歩した。私はパリに一人で来る度、ここに――同じホテルに、宿泊していた。三階の、十字路とバーが見下ろせる角部屋の六号室に。バーには大きな窓がついていて、そこからそこで飲む人達を見下ろすことができた。その景色は、子どもの頃、目にした景色そのものだった。西広場《ヴェストレ・トルグ》通りのリビングの窓から、ゲストハウスの窓を見下ろせた。ランプにテーブル、グラス、人影。影絵の登場人物のように。見えない父親が糸を引き、自由自在に、手を挙げさせるマリオネット劇のように。飲んで、タバコを吸い、殴れ。男になれ、息子よ。私はカーテンを引き、ホテルの部屋の窓を開け、ベンチの最前列の開口部に、椅子を置いた。この人形劇の見物人になったとでも言おうか。オッフェンバックの歌劇『ホフマン物語』をベースにした夜間観劇会。兵士の市場の行進曲の小節。手紙についての議論。女性への愛についての議論。それともそれは人形、マリオネットだったのだろうか？　それとも娼婦か？　人は自動化されたものを、美化された作品を、芸術を崇拝する。

最終的には、愛までも機械化され、戦争や誤った幻想を生み出し、反復する。毎晩、同じ動作を。同じ言葉を。毎晩、同じショーを、劇を。人形。アルコール。グビ！　グビ！　グビ！　グビ！　私にビールを。グビ！　グビ！　グビ！　私にワインを！　私の蒸気はグラスを銀色に染める！　ああ！　私は神聖な液体で、グラスを金色に染める！　ああ！　グビ！　グビ！　グビ！　我らは人類の友。

我々は人類の友。退屈や悲しみを振り払おう。グビ！　グビ！　ああ！　窓からカウンターの向こうに立つ女性の上半身が見えた。顔はなかった。窓辺の机の陰に座る人には、足がなかった。ホールに響く音楽も声も、私には聞こえない。下りて、外に出——ドアから外に出て、通りを渡り、扉をくぐって中に入り、顔、手、足、声を探すのだろうか？　それらを組み合わせて、ひとつの現実、ひとつの体にするのか？　いいや。私は窓辺に座り、眺めなくてはならない。想像と距離を保つことが私の任務だ。今夜、そして毎晩、ホテルの部屋で。私は書かなくてはならなかった。手紙を書かなくては。窓辺に座って飲むのは、何てよいことなのだろう。タバコに火をつけ、思考を巡らせ、通りを歩き、町で何かを探し、ドアの向こうに出たり入ったり、階段を上がったり下がったりした。影のように、彼はお前《私》の人生を生き、お前の声を真似、お前の名を用いる。見慣れた姿に徐々に変わっていき、お前の服を

＊39　マルグリット・デュラス著、田中倫郎訳、河出書房新社、一九九四年。
＊40　マルグリット・デュラス著、田中倫郎訳、河出書房新社、一九九六年。

身にまとい、お前が手を挙げるのと同じように手を挙げる。お前の習慣は引き継がれるのだ。お前はホテルの部屋の窓辺に座り、タバコを吸っている。彼は街を歩き、お前が認識したくない何かを探す。まるで彼がお前の秘密を、お前が心の奥に秘めた衝動やひどく暗い欲望を乗っ取ったかのように。まるで彼がそれらを一種のモーター、原動力にして、お前《私》が歩くべきでない道に彼を突き放し、上下させる原動力に――内なる鍵に変えてしまったかのように。扉の外に、彼が立っている。落ち着き払い、自信に満ち溢れた様子で待ち、タバコに火をつけている。迷いは一切ない。彼に迷いはない。迷う必要など、どこにあろうか？　扉の中に入り、階段を上り、彼女のところに入ろうとする。彼は自分の順番が来るのを待ち、時計を――腕時計を見つめ、時間の概念などなく、一分、一秒を数える。彼はただ数える。それが全てだ。一、二、三、四、五。何度も何度も、新たに。三まで数えると、彼女は一人の男性と降りてきた。その男性は――影とその男性は、待ち人の顔をしていた。影と男、彼らは互いの手をとり、短く挨拶を交わしている。見知った仲なのだろうか？　いいや。彼らは互いを知らない。どうしたらそんなことが起こりうるのだろう？　互いの手をとっさにとり、互いの素性を明かし、一人は階段を上り、もう一人は降りる。彼が服を着たのと全く同じように、彼女は服を脱いだ。脱いで、着て、着て、脱いで。まるでボタンを押すように、指を皮膚のスイッチに押し当てるように。母斑？　吹き出物を押し当てている。彼女は口を開く。彼女は言う。死を疑え、と。彼は彼女の言葉を繰り返し、臍《へそ》の上のいぼに、全力で指を押しつける。傷だろうか？　切り傷か？　何かで切ってしまったのか？　肌はピンク色で、皮膚は真っ赤で、縫い跡がある。人形のように彼女はかがられたのだ。死を疑おうと彼は言い、前屈《まえかが》みになる。部屋で、ホテルの部屋のカーテンの向こうで、影が動くのが見える。他の部屋と同じで、窓とベッドと鏡がある。お前があらゆるものの中で一番好むのは、全てが何か他のものに似ることだ。喪失もなく、死もなく、愛も悲しみもない。あるのは、反復と生命のみだ。窓辺に座り、タバコを吸うことの素晴らしさよ。十七歳の時、初めてパリに赴いた時のことを、昨日のことのように覚えている。

　初めてできた彼女と旅行に来たのだった。彼女は十六歳で、付き合って一年少しが経とうとしていた。よく旅行させてもらえたな、と思う。よく親が許したな、と。十六歳と十七歳の私達は、列車でヨーロッパを旅行した。まずはベルゲンからオスロまで昼間の列車で、その後、夜行列車でコペンハーゲンへ、そこから朝にハンブルクへ直行し、そこでドイツを横断する特急列車に乗り換え、昼夜を問わず、平坦で広大なドイツと、平坦で狭いベルギーを横断し、やがてフランスとの国境を越え、パリ北駅に夜に辿り着いた。外は暗かった。私達は雑誌や本で読んだ以外、パリについて何も知らなかったが、それで十分だった。パリに到着すると、ラテン区へと地下鉄に乗り、サン・ミッシェルで地下鉄を降り、百メートル徒歩で行き、サン・セヴェリンというホテルを見付けた。一つ星のそのホテルの室料はダブルで四十八フランだった。完璧だった。ホテルに空室がないところを除いては。受付係が目で露骨に私達を品定めしていた。何歳になれば許されるのだろう？　我々は十分過ぎる程、空腹で、疲れ切っていたし、十分過ぎる程、薄汚れ、混乱していた。我々は十分過ぎる程、切羽詰まっていたし、金も持っていた。泊まれる部屋を求めていた。「特別なお部屋のご用意がございます」と受付係が言った。「その部屋は普段は貸さないのですよ。日中、特定のお客様のために確保している部屋なのです。今夜は使えますが、明日の早朝には別の部屋に替わってもらわなくてはなりませんが。私が案内係です。ようこそ、パリへ」と彼は言うと、鍵を差し出し、まるで私達が大きな過ちを犯そうとしているかのように、礼儀正しくお辞儀した。

　部屋は最上階にあり、私達はエレベーターで六階に上がった。私達は抱き合った。「私は下の階に降り、ワインとバゲットを買ってくるよ。そうしたら部屋で祝おう。辿り着いたことを。パリに着いたことを」と私は言った。「分かったわ」と彼女は言った。私達は荷物を運び、部屋のドアの鍵を開けた。部屋は広くて赤かった。赤のライトに、赤の壁紙、赤の花。壁面にバラ。床にダークブラウンの絨毯、ワインレッドのベッド・カバーの掛けられたダブル・ベッド。天井の大きな鏡が、ベッド全体を映し出していた。ベッドの左手の壁に同じような長方形の鏡があった。ベッドで横になると、複数の場所、角度から自分達を見られる赤い箱の中にいるような気がした。

　私達のどちらもが、その空間に続く境界線を越えようとしないかのように、開いたドアの前に立っていた。「これじゃ駄目だわ」と彼女は言った。「私達、ここには泊まれない」私は二度目に彼女を抱きしめた。「ここに泊まろう」と私は言った。「電気を消しさえすれば、真っ暗になる」彼女は首を横に振った。震えているのが分かった。「これがどういう部屋か分かってる？」と彼女は尋ねた。「ああ、分かってるさ」と私は言った。「窓を開け、出窓に座れる。部屋からの眺めは美しい。一晩だけだから」と私は言った。「今、私は下の階へ行き、ワインと食べものを買うよ。私達はパリにいるんだよ」と私は言った。「分かってるわ」と彼女は言った。「私以外の人にドアを開けちゃ駄目だよ」と私は冗談を言った。私はドアを三回ノックした。階段を駆け下りると、通りに出た。顔と、窓からの光、声、体がいきなり視界に飛び込んできた。歩く人々。私は川を歩いた。夜のパリでは、全てが——レストランもバーも店もキオスクも、開いていた。私は食べものと飲みものを買うと、紙袋に詰め込み、ホテルの部屋に急いで戻ろうとした。

　高揚感と愛情で、新しい何かが花開くようだった。彼女は同じではなかったし、私も同じではなかった。私達は見知らぬ街、大きな街、夜の街にいた。私達はパリにいた。私はドアを二回ノックした。「誰？」と彼女が尋ねた。「私だよ。約束の時間に戻って来たよ」と私はより暗く、上ずった声で言った。彼女は慎重にドアを開けた。赤い光。彼女は服を着替え、髪をアップにしていた。「あなたを中に入れるわけにはいかないわ」と彼女は言った。「別の人を待っているの。その人は扉を三回ノックすることになっているの。私は忙しいの。先約があるのよ」「私とのね」と私は言った。「ジャンっていうのは、あなたなの？」と彼女は聞いてきた。「そうだよ、私さ」と私は言った。「あなたは扉を二回ノックしたわね」と彼女は言った。「聞き覚えのない声だけれど、いいわ、入って頂戴。あなたが誰だろうと、名前が何だろうと、関係ないわ」「私の名はジャンさ。他の皆と同じでね。約束通り」と私は言うと、部屋に入った。

　彼女はベッドからカバーを外していた。白の枕に、白のシーツ。「私の前に誰かここに来たのかい？」と私は聞いた。「静かな夜ね。あなたは幸運よ」と彼女は言った。「そうだね」と私は言った。「君はいくつだい？」「十六よ」と彼女が答えた。「大人みたいなもんだね。ここは初めてかい？」「ええ、全くの初めてよ」と彼女は言った。「でも本当は初めてじゃないんじゃ？」と私は尋ねた。「そうよ。初めてじゃないわ。あなたは私をものすごく幸運な人間だと想像しているの？」「経験豊かな女性のような口ぶりだな」と私は言った。「十六歳なら経験を積むのに十分か。男一人につき、一年として」「年は関係ないでしょう？　私はそんな風に数えたりしない。愛という単位で、年齢を数えるの。私達は愛する人とともに年をとるのよ」と彼女は言った。「だが、もし君の愛する人が君よりも年上なら？　彼がたくさんの女性を愛していたら？」彼女は視線を落とした。顔が赤くなるのが見えた。彼女はすぐに顔が赤くなる。私が彼女を好きな理由のひとつだ。顔が赤くなるところは。

「私が愛するのは一人だけよ」と彼女は言った。「彼は私にそっくりなの。年も同じだし、私だけを愛してくれる」「それは君には決して分からないことだろう」と私は言った。「君が知らないだけで、本当は他にも女性がいるかもしれないじゃないか。絶対なんて、君に言えないはずさ」「彼が私以外の人と付き合いたいと思っているって言うわけ？」彼女は突然怒り出し、言った。「もしそうなら、彼と会うのをすぐにやめるわ」「今すぐに？」「ええ、今すぐ！」と彼女は言った。「今まさにこの瞬間、彼が他の人のところにいるってこともありうるじゃないか」と私は言った。「それで二番目の彼女のことを一番目の彼女よりも美人で、生意気で、恐れ知らずで、より下品で、一番目の彼女ほど慎重でも、無垢《むく》でもないと思っているかもしれない」彼女の顔は再び赤くなったが、今回は怒りのせいでもあった。首や顔に小さな赤いぶつぶつができていた。発疹《ほっしん》だろうか。それまで目にしたことのない光景だった。「彼が恋人より娼婦を好むって言うわけ？」と彼女は聞いてきた。「それは分からないさ」彼女はベッドに座った。目に涙が溜まっている。私達がしていたのは危険な遊びだった。もう、やめようと思った。ところが彼女は手を前に差し出した。「お代を頂戴。下品な話ばかりして、求められれば股を開く、十六歳の売女《ばいた》に、あなたがいくら払うか見てみたいのよ」「できることなら払いたくないよ。下らない遊びはやめよう。この恐ろしい部屋のせいさ。この部屋を私も好きになれないよ」と私は言った。「でも私はここ、好きよ」と彼女は言った。「お金が見たいの。頂戴。財布を開けてよ」私は彼女に歩み寄り、彼女を抱きしめようとしたが、押しのけられた。「触らないで」と彼女は言った。「お金を払うまでは」「先に品物を見たい」と私は言った。「裸の君を見てみたい。それから君に何ができるのか話してくれ。そうしたら相応の代金を支払うよ」彼女はたじろぎ、上に覆い被さろうとしていた私をこわばった顔で見つめた。彼女の目に浮かんでいたのが、嫌悪なのか欲望なのかは、分からなかったが、目つきが変わったのは確かだった。見たことのない目をしていた。彼女はベッドから体を起こすと、決然と窓辺に歩き、スカートを脱いだ。下に何も穿《は》いていなかったし、ボタンを外したシャツを床に投げつけた。それから机の上に這い上がると、私の前で脚を開いてみせた。「ちょっとだけよ」と彼女は言うと、机の端で腰を浮かせた。上下に、ゆっくりと。その動きをどこで覚えたのか、独りでに身に付けたのか、それとも別の場所で覚えたのか、知らない秘密の場所で——とても古く、ここよりずっと危険な場所で覚えたのかは分からなかった。彼女は性器に手を当て、指で広げると、人差し指を大陰唇と大陰唇の間に差し込んだ。彼女は自慰をしていた。口を開き、私に舌を見せた。「あなたには私がいる」と彼女は言った。「真の売女、あなたの売女が。お金を見せて。数えて頂戴」と彼女は言った。私はポケットから金を取り出した。百、二百、三百、三百六十五フラン。「それじゃ足りないわ」と彼女は怒鳴った。「これで有り金全部だ」と私は言った。「鞄の中にもあるでしょう」と彼女は言った。「ノルウェーのお金を数えてみせて。いくらか、私にどれだけの価値があるか、見せて頂戴」私は彼女に近づくと、彼女を引き留め、彼女を抱きしめようとした。だが、彼女は悲鳴を上げた。彼女は叫んだ。「私に触れたら、もっと大きな声を上げるわよ。

お金を目にする前に、私に近づいたら」私は鞄とお金を出した。「これはいざという時の予備のお金なんだよ」私は千フラン札の一枚目を差し出した。「それじゃ足りないわ」と彼女は言った。彼女は机の上で身を起こし、背中を向け、前屈みになって、股間に指を当て続けた。その動作は私を狂わせ、気を違えさせた。私はもはや私ではなく、彼女も彼女ではなくなり、私達は二人の他人になった。もう引き返せなかった。境界線を越えた後で、引き返せるか分からなかった。私達は互いを失ったのだろうと私は考えつつも、金を差し出さずにはいられなかった。私は彼女の下の机に金を置いた。「二千、三千、三千三百六十五」と私は言った。「お願いだ」と私は言った。私は彼女にひれ伏し、懇願した。「そう、それでいいのよ」と彼女は言った。「三千。いいわ。それで十分よ。いいわよ」と彼女は言った。彼女が昇天したのが分かった。震え、筋肉が揺れていた。四つん這いで腰を落とし、私の方を振り返り、顔を向けた。「さあ、私を抱きなさい」と彼女は言った。

## 3　ランボーの辿った道

ホテルの一室。明るく、無垢で、清らかで、それでいてたくさんの出会いと、たくさんの物語と夢に満ちた。人は夢みる。人は眠る。人は目覚め、ベッドで起き上がる。どこで？ いつ？ 誰が？ 朝。一人。太陽の光、窓、扉。影、木、眼下の通り、交差点。よい部屋。明るく、清潔な部屋。隣の部屋から音がする。男と女だろうと思い、扉を開けると、隣室からスーツ姿の屈強な年配の男性が、オーバーオールと作業用シャツを着た若者を伴いやって来た。二人は恋人同士のようだった。昨晩、二人の声が聞こえたから。快楽の声、大きな声、小さな声、息づかいが。音楽のような愛の叫び。恍惚の叫び。ああ、いい、いい、もっともっと、それ、大好き。若者と年配の男性。廊下に顔を出した私に、二人は礼儀正しくお辞儀した。まるで新しい自分をまとうかのように。普段着を。ビジネスマンと職人の。二人は連れ立って階段を下り、通りに出ると、立ち止まり、互いの手を握りしめた後、別々の道を行った。私はどこへ行くのだろう？ 私は町を、パリを出て、シャルルヴィル＝メジエールに停めた車に戻らなくてはならなかった。私はショルダーバッグに筆記用具を入れ、受付裏の小さな朝食室でコーヒーを飲み、室料を払い、私がマルク・ショロデンコの詩集のタイトルにちなみ、「ランボー・ルート」と名付けたルートを歩き出した。アルチュール・ランボーはシャルルヴィル＝メジエールに生まれ、十五歳の時、初めて故郷を離れるまで、母親と三人のきょうだいとそこに暮らした。その後、彼は幾度となくパリに逃亡したが、その時が一回目の逃亡だったようだ。彼は帽子をかぶり、パイプをくわえ、擦り切れた短い上着を着て、長い髪と長い脚で、風のようにさっそうと歩くのが常だった。その頃からすでにボヘミアンで、野性的な男で、反逆者で、詩人で、空想家だったのだ。

> 私はあなたにこう告げよう。詩人は観察者でなければならない。自身を観察者に変えなくてはならない。詩人はあらゆる感覚を長く、際限なく、体系的に混乱させることで、自身を観察者に変えることができる。あらゆる種類の愛、苦しみ、狂気。彼は自分自身を探究し、意味しか残らなくなるまで、あらゆる毒物を摂取した。

ランボーは十五歳にして成熟した詩人であることを証明した、伝説的な一連の手紙の中でそう書いた。

> 今、私は出来る限り多くの汚物で身を汚したい。なぜかって？　詩人になりたいからだ。それに自分を夢想家にしようと努めているからだ。君には理解できないだろうし、

どう説明したらいいかも分からない。あらゆる知覚を惑わせることで、未知なるものに辿り着く。その苦しみは大きい。強くいなくてはならない。生まれながらの詩人でなくてはならない。そして私は自分が詩人なのだと気付いた。それは私の過ちではない。〝我思う〟というのは間違いだ。〝我、思わされる〟と言うべきだ。

私は他の誰かだ。

木が自分はバイオリンにされると気付くと、ことは悪い方向に進むだろう。理解できぬことを論じる愚か者を相手にするな。

さらにそれ以前の、一八七〇年十一月二日、教師であり、友人だったジョルジュ・イザンバールに宛て、こう書いている。

私は死にゆく身だ。当たり障りのなさや、卑小さ、灰色の悲しみの中で、朽ちてしまいそうだ。どうしたらよいのだろう。自由を謳歌《おうか》しようと固く決意した私は、何をしたらいいのだろう……？　私は再び旅立とうか考えた。旅立つこともできた。新しい服もあったし、時計も売れるだろうし、長らく自由を謳歌したかった！　だが私は旅に出なかった！　旅立たなかったのだ！　私は幾度となく旅に出たいと思った。帽子をかぶれ、コートを着ろ、両手をポケットに入れろ。さあ、出発だ！　旅に出よう！

アルチュール・ランボーほど、たくさん歩いた人はいないだろう。彼は足を壊すほど歩いた詩人で、三十七歳の時、右膝に不調をきたし、手術しなくてはならなくなった。彼は十五歳の時から、ずっと旅してきた。フランス、ベルギー、英国、イタリア、アフリカなどを歩いた。他の人々が馬に乗るなか、ランボーはキャラバンをいくつも従え歩いたと言われている。ランボーはロバとラクダを惜しんだとも言われている。彼は歩き、歩くことを、生きる道に変えた。彼は観察者だけでなく、詩人でもあり、冒険家、探検家、武器商人、写真家、地図製作者、フランス語の開拓者でもあった。彼はまた歩行者、放浪者にもなったのだった。

十分に見た。あらゆる緯度から、同じ景色を。
十分、手にしてきた。夜の町の音、それに太陽の下で、常に。
十分、知った。人生の停留所。――ああ、音と景色よ！
新たな諦念と新たな喧騒の中、旅立つ。

この詩『別れ』は、ランボーが二十歳で詩作に別れを告げる前に、書き終えた最後の詩集『イリュミナシオン』[*41]に収められている。彼は十九歳にして、フランス文学で最も重要な詩人の一人とされるきっかけとなった本『地獄の季節』[*42]を書き上げた。彼はその詩集の大半を、ヴージエの北、シャルルヴィルの南にある母が生まれた小さな村、ロッシュで書いた。私はパリからシャンパーニュ地方を四日間徒歩で北上し、午後遅く、ロッシュに辿り着くと、そこに入っていき、ランボーの家はないか尋ねて歩き、交差点でそれを見付けた。煉瓦造りの二階建ての家で、緑に塗られた雨戸が閉められていた。この家の二階をランボーは歩き回り、唸《うな》り、泣きながら、書いた詩のリズムを足で刻み、手を叩いた。母親は怖くて夜、寝られなかったが、執筆作業が終わると、本の印刷代を払った。ところが母親はそれを読んでもちっとも理解できず、息子にその本をどう読んだらいいのかと尋ねた。すると息子は、文字をそのまま読めばいいのだと答えた。

　弱者や老人は非常に尊敬に値する人達で、煮るなり焼くなりしてくれと頼んでくる。

　これをランボーは、母親に宛てたのだろうか？　母はそれを文字通りに受け止めたのだろうか？　ロッシュの家の外で、この小さな家の中で母親と息子の間で繰り広げられた場面を想像するのは難しくなかった。アルチュール・ランボーがここで『地獄の季節』を書いたと示す表札のついたドアの前の庭に、私は立っていた。私は家の前に立って初めて、私自身の執筆の拠点だった場所を見付けたのに気付いた。そのうら若い少年が、母親と暮らした家を。反逆し、旅に出、外に出、自由な自由を生きたかった少年。書きたかった若き少年。野性的で詩的な人生を送りたかった少年。見たかった、歩きたかった少年。ランボーの道を。

私はその道を自分なりの流儀で歩いた。あまり速くも、あまり困難でも、完璧な旅でもなかったが、私はしばらく歩いた。ロッシュのこの家の前に立ったことで私は、自分を作家と呼べるようになった。暗くなってきていた。私は寝場所を探さなくてはならなかった。ランボーの道を歩き続けた。暗闇の中を。私は恐れていたのだろうか？　いいや、恐れてなどいなかった。外で寝るのには慣れていたが、明るい中を歩くのと、暗い中を歩くのでは全く違っていた。単に光がないからではない。全てが鮮明になるからだ。風に吹かれ、がさがさ鳴る高い木々や葉、ひびが入り、穴の空いた岩、林間の空き地、音と自然。暗くなると全ての光景と音が鮮烈になる。開口部、泉、目で見る前に音を捉えることができた。私の前で開き、音の間隔が開いていき、静かに、いや、穏やかになった。そう、穏やかに。私の前に、静寂、開口部。私はまるで特別な場所に近づいたかのように、それを耳にし、感じることができた。私は特別な場所に近づいたのだ。今、私はそれを目にしていた。光を。静かな貯水池の陰に、泉の陰に、礼拝堂があった。十字架のような、もしくは二本の腕のような形をしたその石造りの貯水池に、水が静かに漂っていた。私は屈んで、水を飲んだ。だが水は静止したままではなかった。大地から湧き出し、土の下の狭い動脈を通り流れた。水の動き。私には見えな

＊41　金子光晴訳、角川文庫、一九六九年。

＊42　小林秀雄訳、岩波文庫、一九三八年。

かった。だが地面の下を流れる水の音と、かすかな笑い声が聞こえた。

私はそれまで一度も、どの場所でも、そのような平穏を感じたことはなかった。

ここで私は眠りたかった。私はちょうどいい木を見付け、上着を敷物代わりに敷いて、頭を木の幹に向けて眠った。私が横になっていたその場所から、チャペルやプールが見えた。私は疲れて眠りたかったが、眠れなかった。静寂、完全なる平穏。それらが私の目を冴えさせた。平穏、完全な静寂が、私を、私の心をかき乱し、目覚めさせた。私の目はすっかり冴えてしまっていた。私は眠れないと悟り、タバコに火をつけた。そして今、私はコウモリを目にした。木の周りで、フォーメーションを組み、私の座る場所へと飛びかかった。好奇心があるのだろうか？　それらはその動きを繰り返し、ぐるぐる周り、フォーメーションを再び組むと、私の座る場所へ飛びかかった。何度も何度も。毎回少しずつ近づいてきているように思えた。それらは私が何なのか、私が誰なのかを調べ、探り出そうとしていたのだろうか？　コウモリは一枚の絵を織り成した後、急に飛び去った。私は一人だった。いや、だが本当にそうだったのだろうか？　私は待っていた。何を？　私は調べられた。姿を現そうとしていたのは誰だったのかを。正体を明かそうとしていたのは、誰だったのか、何だったのか、私は知らされた。私は泉を観察し続け、森をのぞき込もうとした。ウサギ？　キツネ？　何か動いた？　いや、何でもない。静寂。平穏。私はそれ程までに目が冴えたことはなかった。鞄に蒸留酒の瓶を入れていた。あまりに眠れぬ夜。私は今、そんな夜を欲していた。ボトルから飲み、タバコを吸ったが、何も起きなかった。では、どうして眠れないんだろう？　なぜ私は起きていたんだろう？　時が過ぎ（問題は時間なのだろうか？）夜がやって来て、通り過ぎた。私は木の下に座り、何か起こるのを待つ間、それが通り過ぎるのを目にした。何も起きなかった。

　私の目を冴えさせたのは、この無だったのか？

　この警戒心を誘う夜の意味とは、この無なのだろうか？　あらゆることが起きうる場所で。

　無とどう向き合うか？

　人は待つ。人は考える。人はタバコを吸い、酒を飲み、万事、普段通りであるかのように、平常通りのことをする。今にも消えそうで、永遠に消えてしまいそうだった。きっと。そしてそれでも生き続けるかのように、死なないかのように振る舞う。タバコを吸い、酒を飲み、座り、待つ。そして何を待っているか、誰も知らない。

　私はタバコを吸い、酒を飲み、大声で独り言を言った。私は言った。ここは間違いなく、今まで訪れた中で最も美しい場所だ、と。とても平穏に満ちていて、とても静かで、無に満ちている。お前《私》が子どもや若者だった時からずっと、何度も繰り返し夢みてきた場所ということはありうるか、と。行ったことも見たこともないけれど、夢の中で知っている場所、なじみのある場所、待ち受ける場所として、いつか訪れるべき場所として、夢に現れたのはここなのか？　これがこの場所なのだろうか？　夢が叶う時のように、お前はようやくこの場所を見付けたのだろうか？　ここは死に場所なのだろうか？

私は飛び起きた。自分の足で立ち上がった。私が眠っていたら、どうなっていただろう？飛んだり跳ねたりし、心臓が高鳴り、脈が速くなっていたが、血は凍り付いたかのようだった。私は凍えた。右足は眠り、半分死に、刻一刻と死に向かっていた。私は凍えないよう、腕と足を叩いた。上着を着て、肩に鞄を掛け、急いで出発した。私は森を小走りで出、振り返らず、小道の方へと慌てて走り、道を見付けた。私は追われているかのように、先へ急いだ。牢屋《ろうや》から放たれた囚人のように。外へ出る。遠くへ。道を歩く。その道は平原や丘のある朝の静かな景色の中、うねり、波立っていた。丘の上、木々、教会、煉瓦の家、街路、村。オモンの村は眠っていた。新たな村、狭い道、白樺の木とアスペンの木の間、鳥と葉っぱの間の。目に見えないその鳥が暴れ回り、さえずる声と歌、自然の狂気。夜明け前の。

太陽が昇っている。私は再び川を、ムーズ川を見付け、パリと逆方向を歩いていると、同じ道に再び行き着いた。今、私はシャルルヴィルに向かっていた。およそ三十キロ、一日歩けば着く。私はそこに辿り着きたかった。到着したら、ゆっくり風呂に入りたい。それで美味しい食事をとりたい。上質なワインを飲みたい。よいバーへ行き、よいベッドで眠りたい。私は休みたかった。書きたかった。宿屋の窓際に座って、幻想的なデュカッレ広場を眺めたかった。道の端に低く顔を出す太陽に向かって、私は歩く。太陽が川に反射して光り、鱒《ます》が飛び跳ね、虫に飛びつき、水中に輪を作った。穏やかな川。ムーズ川。昔の知り合いに出会ったような感覚だ。やあ、ムーズ川。おはよう、ムーズ川。ご機嫌いかが、ムーズ川？　川に導かれ、ヌーヴィオン・シュルミューズに着いたら、そこで私は朝食をとれるだろう。コーヒーに白パン、マーマレード、できれば半熟卵も。私は歩き、夢想し続けた。届いたばかりの新聞、オレンジ・ジュース。チーズ。洋梨。辛口の白ワイン。小さなパイ、一切れの焼き菓子、リンゴのブランデー。私は釣り竿《ざお》を持った男の横を通り過ぎた。川辺に立ち、水の中をのぞき込んでいる。魚を入れるため水を半分まで張ったバケツ、土と生きたミミズの入れられた小さな金属製の箱。鋭い針でミミズを刺し、竿を振り、投げた。おはよう。男は目で川を追い、待っていた。目深にかぶった帽子が影になり、川の中の動きを目で追うことができた。帽子の縁に釣り針とルアーをぶら下げた。肩に釣り用の鞄、ベルトにナイフ。それらは彼にとって、釣りには欠かせない装備と道具だった。コーヒーの入った水筒。オープン・サンドの弁当。タバコ。彼が私に思い出させたのは、何だろう？　釣り人の忍耐が、私自身のそれと似ていることだった。私の忍耐とは、作家の忍耐だと私は考えた。人は机につき、待つ。その時、釣り人と作家の違いは、それ程大きくないと考えた私は、こう挨拶を返した。おはよう。同じ忍耐。同じ集中力。同じ期待。私は釣り人の肩を親しみを込め、ぽんと叩きたかった。でも、しなかった。私は作家の仕事が恋しかった。

　それはよい兆候だった——正しい道を進んでいることを示す。私が帰路についていることの。釣り竿を持った男によって、私は自分の仕事を思い出した。机につくことの喜びを。鉛筆、ペン、タイプライター。コーヒー入りの水筒、オープン・サンドの弁当、タバコ。私は家に帰りたかった。今もっと穏やかに、ゆっくりと歩きたかった。私はこの無の影を振り払った。太陽が空高く昇り、空気は澄み、清らかで、雲ひとつない。太陽の光で暖かい。私は汗をかく。上着とシャツのボタンを開ける。ヒマワリとポピー。小道が広がる。荷馬車道だ。そこで馬が川へボートを運んでいる。川には門があり、門ひとつごとに、小さな家が一軒建っていた。それらの家々は鉄道沿いの駅ビルのようなモダンな住居に建て替えられていた。庭、柵。柵に向かって走っていた犬が、網に飛びかかった。ロットワイラー。ユリと菊。フェンスの向こうのテラスで家族が朝食をとっている。リンゴの木の花が咲いている。白い花が枝から落ち、木の幹の周りに白い輪ができた。お前《私》は犬を怖がる必要はない。犬は危険ではない。その女性は母親に違いなかった。彼女は叫んだ。「どこに行くの？」「家に帰るんだよ」と私は言った。「でも家ってどこ？　あなたこの辺りの人じゃないでしょう？」と母親は言った。「ノルウェーさ」と私は言った。「ノルウェーまで歩いて戻るわけ？」と母親であるに違いない女性が尋ねた。だが私は答えなかった。私はもう彼女の横を行き過ぎてしまっていた。

# 4　旅はどうやってはじまるのだろう？

旅はどうやってはじまるのだろう？　私はソファに横になり、頭に良質な枕を敷き、脚にウールの毛布を掛け、本を読んでいた。三月の寒い日。降っていた雨が雹《ひょう》に変わり、窓ガラスに叩きつけた。日の光が差し込んでくる。十一時半、窓から郵便局の車が見え、郵便配達員が現れた。顔を上げさえすればすぐに、郵便配達員がやって来るのが見える。この旅はソファではじまる。私は腰を落ち着けることに決めた。春の間ずっと書くために、何よりも好きなことをするために——窓辺に座って外を眺めるために——腰を落ち着けることに決めたのだ。霜が地面から消える様を、雪が庭の草に降り積もる様子を、数時間、穏やかな気候が続くことで、雪が再び消える様を眺めるのだ。スノードロップや水仙が、地面から顔を出し、花を咲かせる。毎春、三月、奇跡が起きたかのように感じる。毎年、三月十四日になると、ハクセキレイがやって来る。私は座って、それを待つ。ところがその時、郵便配達員がやって来たのだった。時刻は十一時半。私は半ば条件反射で、顔を上げた。郵便配達の車がやって来て、いつものように郵便ポストの前で止まった。私は郵便配達員が郵便物をそれぞれの住民の郵便ポストに分け終えるのを待つと、立ち上がり、読んでいた本を置き、ソファを後にし、外に出た。旅はここからはじまる。私がソファを後にし、外に出たところから。吹き付ける空気は冷たく、かすかな風が木々にそよぐ。私は砂利道を降りていき、家の横に通る狭いアスファルトの道を行き、郵便ポストの前で立ち止まる。郵便ポストを開け、郵便物を取り出すのが一日のメイン・イベントだ。一通の手紙。他の手紙とは見るからに異なる手紙。複数の人の手を渡ってきたからか、遠くから旅してきたためか、封筒は擦り切れていた。外国からだ。オーストリア。波形の消印、切手にモーツァルトの肖像。胸が高鳴る。旅の友、ナルヴェ・スコーからだった。彼はウィーンにいた。私は紅茶のカップを引き寄せると、牛乳を注ぎ、モーツァルトのクラリネット協奏曲のカセット・テープをプレイヤーにセットした。手紙を読む準備はできていた。

三十分後、私は旅支度を終えていた。航空券を予約し、実務的な準備をいくつか済ませ、家族と取り決めをした。私は数ヶ月、家を空けることになった。アテネでナルヴェ・スコーに会うことになったのだ。数日の間に、インターネットで待ち合わせ場所を約束し、メールで日取りを決めた。私の乗る便は、アテネに十六時三十五分到着予定だった。空港から街の中心地までの距離を読み違えた上、道路がひどく渋滞していて、バスは立ち往生を余儀なくされていた。十七時四十五分、しびれを切らした私は、乗客をかき分け、運転手に詰め寄った。運転手の肩を叩き、ドアを開けるよう求めた。私は扉から飛び出した。アテネの中心地まで、全速力で向かった。間もなく、地下鉄が見付かった。道を尋ね、教えてもらった列車に乗り、言われた駅で降りると、地下の階段を駆け上がり、広場にやって来た。私の目に最初に飛び込んできたのは、ネオン・カフェテリアが見付かったことを示す看板だった。それは広場の向こう側、真向かいにあった。私は心の中で、荒々しい心の高ぶりを感じた。目にしたものに圧倒され、数分間、立ち尽くした。開かれた広場、人、交通、太陽の光の下で半円を描くように並ぶ古い建物。アテネに来たのは初めてだった。

　時刻は十八時十五分。私は十五分、遅刻してしまった。つまりナルヴェ・スコーは一杯目のビールを一人で飲み終わっていたということだ。私は広場を横切り、ドアをくぐった。分厚い木のテーブルと古いシャンデリアが天井に吊《つ》るされた広いホールに、人がごった返していた。半ばビアホールのようだったが、夕食も提供されていて、黒服のウェイターもいた。ホールの真ん中の玉座のようなところに、年配の貫禄《かんろく》のある女性が座っていた。彼女はレジ係をしていた。テーブルで、手紙を書いている人が見えた。彼は座って、読んでいた。メモをとっていた。テーブルの上にグラスに入ったビール一杯、タバコ一箱、ワイシャツの上に青いウィンド・ブレーカーを着て、日焼けした肌がのぞいていた。いい男だ。ジーパンに茶色の革のブーツ。彼は三ヶ月以上、旅してきた。高地も低地も、北欧中の都市も山々も踏破し、ついに決断の時を迎えた。彼は帰国するべきだったのだろうか？　それとも南に旅し続けるべきだったのか？　そんな時、ウィーンのホテルの一室で、手紙を書いたのだった。アテネで会わないか？　デルフィから北の山とメテオラの修道院を巡る徒歩旅行をした後、トルコのアンタルヤから南へ行こうか。いわゆる「リュキアン道」と呼ばれる、トルコの南海岸を通る定番の徒歩ルートだ。手紙を読んで、私は不安と苛立ちと緊張に襲われた。旅の心積もりをする時によく現れる現象だ。

　私はいつものスーツ――ウォーキング用のスーツを、銀のストライプの入った青いウールのスーツを着た。ジプシー・スーツ――黒のシャツ、軽い登山ブーツ（イタリア製の黄色いスエードの最高級の防水性のブーツ）、六十リットルと容量の少ないオレンジの登山用リュック。そしてここアテネの酒場で、私は腹を空かせ、喉からからで立っていた。ナルヴェ・スコーはテーブルで待っていた。私達には話すべきことがたくさんあった。私達はテーブルに座って話をし、酒を飲み、紙巻きタバコを吸い、議論することより楽しいことを知らなかった。アテネはナルヴェのお気に入りの街だったが、私にはその理由が分からなかった。最初に印象に残ったのは、無秩序さと交通渋滞、街が混沌とし、崩壊寸前であることだった。しかしナルヴェは私にこの街を、つまりは彼の目に映る街を見せようとした。どの都市も、多様な捉え方ができる。そうして自分の居場所を見付けられるのだ。屋外で食事が出される小さな公園、本屋街、ナッツやブランデーが売られる一角。アクロポリスへと続く高台のテラスから、街を見渡せた。二階建ての煉瓦の建物には、バルコニーに繋がる狭い円形の階段があった。テーブルと二脚の椅子を置くのにぴったりな広さで、ミートボールとレッツィーナ〔ギリシャ産の松ヤニの風味の白ワイン〕、チーズにウーゾ〔アニスの香りのするリキュール〕のハーフ・ボトルを注文した。アテネが反転させた星空のように、私達の下に広がっていた。興奮した流れ星が軌道を外れたかのように、家々や通りや車から光が放たれた。私は何か願い事を唱えたかった。レストランにジュークボックスがあり、中に入り、コインを入れると、古いシングル曲、コックニー・レベルの『メイク・ミー・スマイル』（*Make me smile*）が流れてきた。アネット・ピーコックの『トゥー・マッチ・イン・ザ・スカイ』（*Too much in the skies*）。10CC《テンシーシー》の『愛ゆえに』（*The things we do for love*）。モット・ザ・フープルの『レスト・イン・ピース』（*Rest in peace*）、音楽と声、タバコの煙、それに顔。まるで時間が止まったかのように、まるで私達が初めて屋外に座って、目にし、耳にするものに圧倒される二人の若者であるかのように。旅は私達を老けさせるどころか、若返らせる。旅は私達を混乱させ、年月と時間を狂わせる。私達は何もかもを新しい目で、若い目で見ていると想像する。旅は記憶を混乱させ、失わせる。自分達の実年齢や、犯してきた過ち、これまで出会った失望の全てがもはや思い出せなくなる。私達は旅し、若者時代に戻ったと思うが、実際のところ私達は同じ場所でただ夢みるだけだ。私達は夢みる。そして旅は私達に夢を見るよう求める。夢は私達に若くあり続けるよう求める。旅は私達に、広い視野で、若い眼差《まなざ》しで、世界を見つめるよう求める。私達が新たな世界を好奇心旺盛で飢えた眼差しで見るように。そして私達は説教され、誘惑されることを厭《いと》わない。時間を遡り、青春時代に戻る。私達は自分達に永遠に若くいる権利があると信じているが、旅が私達に求めるのは、忘却し、夢みることに過ぎない。難しいことではない。ただ街を選び、眺めがよく、音楽のある場所を見付け、ワインとウーゾをしこたま飲み、見知らぬ人達の議論に加わればいいだけだ。若い顔、薄着の娘、長髪で文庫本をポケットに入れた青年。政治や文学、アントニオ・グラムシやピエル・パオロ・パゾリーニについて語り合い、失われた時代に戻る。再発見された時代に。私達はバルコニーから中に入ると、ホール中央、パーティーの基地と化したテーブルの前に腰を下ろした。テーブルの周りで議論が繰り広げられた。革命はいまだ可能か、反乱をどうやって起こすのか、新しい社会を誰が統治するのか？　世界的な革命がギリシャで、民主主義の揺りかごであり、変化の中心であり、革命の祖国であるギリシャではじまるのだろう。だがギリシャがアメリカの資本主義を握りつぶし、中国の不公正を一掃するなら、イスラム教の国はどうなるのだろう？　それらの国々は、ギリシャの理想に従って革命を起こせるだけ成熟しているのだろうか？　三月の木曜の夜、アテネで、酔っ払いの若者が、ギリシャの理想を求め革命を起こせるほどに。いいや、と私達は言う。私達は『饗宴』[*43]を読んだのではないか？　それは革命的な本であり、ある意味、世界を変えた本ではなかったのか？　いいや、と私達は言う。プラトンが『国家』[*44]で過ちを犯し、『饗宴』で正しい判断を導き出したと私達は理解していないか？　あらゆる変化はその効力をエロスの場で発揮するし、愛は革命の真の目的だった。我々はシェイクスピアの『真夏の夜の夢』を読んだのではないか？　この物語はアテネで繰り広げられる愛の可能性の大いなる賛歌だった。シェイクスピアは愛の勝利を、人間の新たなはじまりと認めている。そしてそれは、いつものように、アテネではじまる。「ああ、そうだね」と我々は言う。私達はソクラテスやシェイクスピア、アテネの若者により説得され、納得させられ、突如、革命の渦中に立たされた。そうだ。今、我々はようやくアテネにやって来たのだ。若者の街に。夢みる人々の街に。

時刻はもうじき三時だ。灯りが点滅している。革命がちょうどはじまったところで、レストランが閉まり、我々は泣く泣く新たな友と別れる。

「さあ、我々はどこで寝よう？」と私は問いかけた。

「ホステルでベッドを二台借りればいい。寝室に全部でベッドが八台あるから、二人の兵士みたいに眠ろう」とナルヴェが言った。

「よさそうじゃないか。旅のはじまりらしくて」と私は言った。「明日の早朝、十時半に、デルフィからバスが出る。そこから徒歩旅行がはじまる。我々は山を越える二千五百年の旅を辿るのだ。明日、お前に地図を見せよう」

地図は単純で、不正確だった。それでもギリシャの地図は、軍隊がどこを歩くべきで、どこを歩くべきでないか、何を見るべきで、何を見てはならないのか決めるトルコの官製地図よりは有用で、ずっとよかった。地図から判断するに、ギリシャはトルコよりも全貌を把握しやすく、自由そうだったが、美しき模倣ではなく、真実を告げる地図を見ながら自由に歩

＊43　プラトン著、久保勉訳、岩波文庫、一九五二年。
＊44　プラトン著、藤沢令夫訳、岩波文庫、一九七九年。

くのに慣れた国ほどは、親しみやすくも、開放的でもない。だが最良の地図は買えるものではない。道で出会う人によって描かれるものだ。そして道で出会う人は親しみやすくもあると同時に、正確でもある。それは国が変われど、同じだ。最良の地図は、口と手の動作によって、時にペンと紙によって伝えられる。道を示す非公式な案内人により、いつの間にか分岐した道や難しい道が示されることが時折ある。こうしてその景色と道を、直接的に、また正確に知るのだ。近道、秘密の小道。私達は他の誰もが知らないこれら全ての道を知っている。それは地図上を交差する私達自身の小道が、主要道路がそう語っているのだ。

　私達はデルフィで見付けたホテルの部屋の外のテラスに座り、（ギリシャ軍の地図サービスにより認定された）地図を見ている。そして私達が座る高台からは、港町イテアと、コリント湾がペロポネソス半島と本土を分断し、イオニア海に入り込むパトレイコス湾に合流する地点までを見下ろすことができる。背後の左手にデルフィの家々が、アテネ神殿と神託所のある泉からそびえる険しい山腹に建ち、台地が平坦になり、私達の徒歩旅行の最初の目的地であるエプタロフォスに続く谷に変わるまで、四千メートルも上昇し続ける町を見下ろす高台を成している。私達は白ワインを飲み、フェタチーズとオリーヴを食べる。夜はぐっすり眠り、朝早く起き、デルフィから山へ続く寺院の道を歩き出す。

　寒い夜の満天の星の下、外の気温に慣れようと、私達はバルコニーのドアを開けて眠った。

寝袋とウールの下着を試す。ラグや、高地を歩くため持ってきた服を試す。テントも敷物も持ってこなかった私達はどちらも、バックパッカーがよく持っているような重くてたくさん荷物の詰め込まれたリュックは好きではなかった。私達は二人とも見栄っ張りで、運びたくもないものを運びたくなかった。私達は古いやり方で——単純なやり方で乗り切らなくてはならなかった。私達は凍えていた。寒くて、凍えていた。朝、私達は毛糸の帽子と革の手袋を買うことで意見が一致していた。それに最悪の寒さに——最も厳しい、眠れぬ夜に備え、ウィスキーを一本、買うことで。だが、朝食の後にはすでに暑くなりはじめた。ホテルの部屋を出、町を通り抜けながら服を、ジャケットとセーターとウールの靴下を脱いだ。私達は汗をかいていた。最大の問題は、寒さや暑さではなく、激しい寒暖差だ。標高が七百メートルも変わると、気温も同じく著しく変わる。当然のことだ。

　だが太陽はまだ低く、穏やかで、私達は町から歩いて登っていき、小道を見付けた。その小道を行くと、庭を通り、オリーヴ畑を抜け、赤い瓦屋根の石造りの建物を通り越し、ひとつ目の高台にやって来た。そこからデルフィと海に広がるイテアとコリント湾が見渡せる谷という素晴らしい景色を眺めることができる。この高台から、私達は古い寺院道を通る。目を見張るほどの山道だ。その道は石の敷かれた幅一メートルの道になっていて、谷を見下ろす道端の石は、草と砂利の間の道の真ん中に点々と散らばる石よりも大きい。広大な道——二千五百年の道だ。その道は、山肌に規則正しく、長く延び、カーブしていた。カーブは石工──匠《たくみ》による傑作だ。奇跡の左折の後は、およそ百メートル、新たにまっすぐな道が続いた後、右に曲がる。こうして道は上に、横にとジグザグに、大蛇のようにうねるのだ。そう、蛇だ。蛇の話を私達は道中、ある歴史家から聞いていた。その歴史家は私達の前を歩いていた。奥さんと。夫妻は朝の散歩を日課としているようだった。私が追い越そうとすると、彼は「おや、スーツでトレッキングですか」と話しかけてきた。「あなたはスーツで山歩きするのですね。遠くまで行くのですか？」私達はどこまで行くのか、どこから来たのか告げた。その歴史家が以前、オスロ大学でイソップ童話について講演をしていたことを私は思い出した。彼は「ちょうどここで」と指差して言った。「イソップはデルフィの市民達によって石打ちの刑に処されたんだよ」市民達はイソップ童話の人物を自分達だと思い、童話の中で笑い者にされたと感じたのだ。「あなた方は、蛇の寓話はご存じですか？　蛇の頭に常について行かなくてはならないのに疲れた蛇の胴体は、文句を言いはじめました。その先、蛇がどこを這っていくか、蛇が何をするのかを、胴体が決めたがったのです。頭は胴体から文句を言われたことを悲しみ、少しの間、胴体に決定権を持たせることに決めました。ところが、その期間、何もかもがうまくいきませんでした。胴体は食べものと、自分が欲しいものにしか興味がなく、それにより蛇は道に迷って行方不明になり、最終的に、食べものも飲みものもない場所に行き着いたのです。蛇は飢え、死にそうになりました。お前が決めたらどうなるか、これで分かったろう？　と頭は胴体に言いました」

その寓話を聞き私達は大いに笑った。私はイソップ童話を買って、旅の道中、読むことにした。そしてエプタロフォスの書店で、英語版を見付けた。だが例の童話は載っていなかった。英語版にも、私が以前調べた版にもなかった。それはイソップの書いた童話ではなかったのだ。ひょっとしたら歴史家が自分のことを現代のイソップだと思い、自ら寓話を作ったのではないか、と私は気が付いた。即興で作られた寓話は、大冒険へと途方もない道を行く、おかしな登山服を着た二人の放浪者である私達の諷刺《ふうし》だったのではないか、と。

私達はイソップが石打ちの刑に処されたであろう場所に——現代のイソップが、寓話のひとつを披露し、私達を長いこと大笑いさせてくれたまさにその場所に立っていた。私達は歩きながら笑った。ナルヴェは言った。「俺が頭で、お前は胴体だ。俺達は協力しなくては。どうだい、胴体よ？」私は言った。「そうだな。あと少ししたら、食事休憩をとるのはどうだろう？　頭《ナルヴェ》よ、どう思う？」頭は、まだ大して歩いていないと言う。水は飲んでもいいが、食べものは中間地点に辿り着くまで待った方がいいと。頭は、リュックにワイン・ボトルを忘れずに入れてきただろうか？　大丈夫。白ワインを二本、持ってきていた。一本は食事の時に飲むことにした。頭は丘を越え、一メートルと九十二センチ、歩いた。道中、頭が横揺れしていた。長い脚で。美しい道だと私は考えた。太陽が燃えている。私達はサングラスと薄手の帽子を出し、雪をかぶった山の二つの頂上の間を歩き、ガラスのように澄んだ小川を辿った。古い寺院道は、新しい砂利道に変わり、少しずつ小道に変わった。沼地や草むらを横切り、開けた谷は、より狭い林道へと私達を導いた。森の端に牧場があり、母屋の外に、一頭の馬がいた。馬は私達を見て駆け寄ると、立ち止まり、肩に噛みついた。衝動的に私は馬の首を力一杯叩いた。馬は後ずさりした。私はその馬を脅かして追い払おうとしたが、馬は動こうとしなかった。自分の肩を見てみると、歯は肌を貫いてはいなかった。私達は歩き続け、馬もついてきた。牧場はなくなり、車はなく、窓のシャッターが閉められていた。馬は数キロ私達の後についてきた。私達は馬をおびき寄せることにした。小高くなった狭い場所でナルヴェが方向転換し、小道に沿って引き返した。馬は誰の後をついて行くのだろうか？　馬はナルヴェを追った。計画成功だ。彼はゆっくりと歩いて戻ると、ある地点で振り返り、前を歩く私の前まで小道を離れ、走ってきた。三十分後、ナルヴェは走ってきた。彼は再び私に追いついた。私達は素早く駆け出したが、数分後には馬に追いつかれた。その馬は私達をもう何時間も追ってきていた。私達は四時間歩いて、中間地点を越えていた。そこで食事をとる予定だった。どうしようか？　私達は腹が空き、そのどうしようもない馬にうんざりしていた。エプタロフォスの町までついて来るだろうか？　レストランに連れて行かなくてはならないのか？　頭《ナルヴェ》は馬にウィスキーを飲ませて酔わせようと言うが、胴体《私》は駄目だと言う。胴体は、言い争いや殴り合いを恐れていた。彼《私》は酔った馬と闘ったことはなかった。素面の馬ともだ。だが素面の馬の方がまだましそうだ。馬に向かって脚を蹴り上げると、胸に命中した。馬は後ろ脚で立ち上がると、いなないた。頭は怒り出した。馬にではなく、胴体に。「放っておいてやれ」と頭が言った。私達は黙って歩いた。馬がついてきた。雪の中を歩き、標高千四百メートルに達し、やがてエプタロフォスへと下りはじめた。足取りは重かった。日は沈み、暗くなり、空気が冷たくなりはじめていた。私達は汗をかいていた。六時間も歩いて、余裕も力もなくなっていた。少し暗い中、メインロードに辿り着いた。山間の村から高台のスキー場に続く砂利道だ。道の端に大きな車、レンジローバーが止まっていた。雪で立ち往生していたのだ。その車を見ながら、私達は同じことを思いついた。車に歩み寄り、運転手を雪溜まりから助けましょうか、と申し出ると同時に、馬に何か食べるものをくれないか、尋ねた。馬が腹を空かせているから、と。後部座席の子ども達は、馬にチョコレートとその他のお菓子を与えた。私達は車を押し、雪から一家を助け出すと、挨拶し、そっとその場を立ち去った。馬は車のそばに残された。私達は急いでその場を後にすると、森を抜け、空き地を見付け、岩陰に身を隠した。食事をしなくては。腹が空き、喉が渇き、野生人のように私達は食べ、飲んだ。座っていた場所から車道が見えた。そして思った通り、数分後には、決して忘れることのない素晴らしい光景が目に入った。私達は笑い、食べられないぐらい大笑いした。レンジローバーが狭くて曲がりくねった砂利道を全速力で走り抜けるのを、馬が全力疾走して追いかけていた。

エプタロフォスにようやく辿り着いた。木の家と藁葺《わらぶ》き屋根と狭い道と、窓から灯りが漏れる理想的な小さな山村だ。雪が降っていて、寝場所を探さなくてはならなかった。週末で、ホテルはどこも満室だった。「空きのベッドはひとつもありません」とホテル・ツァルーシャスの受付係が言った。彼は私達のためにあちこち電話してくれた。「どこも満室ですね」とドイツ語で言った。「どこも埋まっています」「我々はドイツ人ではありません」と私は言った。「受付の裏でも、掃除用具入れでも、どこででも寝られます」と私は言った。その若いツァルーシャスが母親に電話したところ、空いている部屋があるそうだった。それは彼の息子の部屋だった。私達が構わないのであれば、そこに泊めてくれるそうだ。私達は感謝し、再び礼を言うと、ホテルのレストランで精の付きそうな夕食をとった。ミートボールにフライドポテトを食べ、赤ワインを二本、飲んだ。食事の後、暖炉の前に若きツァルーシャスと座り、山を越えて歩いてきたことについて話した。思っていたよりも厳しい旅だったと。旅をしている間に、四つの季節が過ぎた。出発した時は春だったのに、もう冬だ。我々は暖炉の火の前に座り、雪を暗闇が包む様を窓から眺めた。ストラトス・ツァルーシャスは、黒くてつやのある髪で、大きな鼻と幅の広い口、角張った顔をしていた。彼はウィスキーをちびちび飲みながら、ほどよい関心を向け、耳を傾けると同時に、受付やダイニングルームに座るゲストにも目を光らせていた。若く美しいギリシャ人女性と男性の一行が座っていた。ナイフやフォークが食器にぶつかる音。襟ぐりが深く開いたドレス、話し声、笑い声。それらは私を満足させると同時に、疲れさせた。私は椅子の上でうとうとし、やがて眠ってしまった。車を呼んでもらい、ツァルーシャスの母のいる今夜の宿に向かう。
ベッドが二台。正面の壁には茶色の花柄の壁が。木の壁も。モスグリーンの浴室に続く扉。私達は自然の模倣の中で暮らす。私達はシャワーを浴び、裸でベッドに横たわり、タバコを吸い、ウィスキーをボトルで飲んだ。明日私達はリライアへと歩き出す。今日歩いた距離の半分弱で、ほぼ下りなので、楽な旅になりそうだ。バスルームに服を干す。馬と苦闘と汗と苔の匂いがした。私達は自然の模倣では全くなかった。

私達はストラトスに起こされた。母親が朝食を作ってくれた。私達はツァルーシャス一家とキッチンで食事をとった。エレナとコスタ、娘のリア。リアはストラトスより年下らしく、恐らく十九歳ぐらいだった。鼻と口は兄そっくりだったが、髪は兄より明るい色だった。きっと染めているのだろう。母親の髪と父親の顔と、彼女独自の不機嫌かつ傲慢そうな表情。若さ。偏見。私達はいまだに自然とロマの生活の香りを感じ取っていた。簡素な朝食を次々と自由に取り分けて食べた。濃いコーヒーに、スクランブルエッグ、粗挽《あらび》き小麦のパン、ヨーグルトに似た牛乳。美味しい食事。美しい家族だ。私は彼らを写真に収めた。キッチンのテーブルの前に並び、抱き合う一家を。

その村で私はイソップ童話の英語版を買ったのだった。食べものと、二リットルの水を買った。三人の老人が広場に座って焚き火をし、大きな鍋でスープを煮ていた。その日は土曜で、四旬節[*45]の前夜祭だった。スープは野菜とヤギ肉を煮たものだった。オリーヴオイル少々と粒胡椒《つぶこしょう》、タイム、ニンニク、ローリエの風味がした。私達は自家製の甘草《リコリス》ブランデーをグラスで飲みながら頂いた。額にどちらも灰がつき、ほろ酔いでエプタロフォスを後にした。歩く人は、上りより下りの方がより過酷で、満足感を得がたいと知っている。下りは膝や腰に負担がかかる。下りは大抵、上りほど、楽しくない。理由は知らないが、上ることは、はじまりと同義なのかもしれない。何か新たなことのはじまりと。下りはより物悲しく、陰鬱だ。私達は終わりに似たものに向かって歩く。歩くことは、私達に死を思い出させるのだろう。上ることで、新たな可能性や新たな人生への期待が芽生えるのと同じように。「下りにも、上りの時と同じ喜びを見出すべきだ」とナルヴェは言うと、楽しみにするべき要素を探そうとした。上から見た森、スレート屋根の銀色と灰色のグラデーション、私達を歓迎しているかのような煙突の煙。眼下にすでに見えはじめている谷と村の景色。下りが疲れるのは、きっと辿り着くずっと前に、これから通り過ぎるであろう道が見えてしまうからだろう。あそこに間もなく自分達の曲がるカーブが見えてくる。ここにさっき上から見た森を抜ける小道が続いている。目にしてきた通り、修道院が現れた。高台からすでに詳しく観察してきた修道院の庭が見えてきた。私達は下る。メインロードを辿って。やがて足にマメができてきた。足のかかとが燃えるように熱く、背中が痛む。膝が、肩がずきずきする。頭痛がする。退屈に襲われる。退屈という発作を主に治すのは——下りの鬱を唯一抑える効果を持つのは、反対の効果を持つ薬だと医師の息子であるナルヴェが言った。気分を高揚させると同時に痛みを鎮めてくれるのは、ブランデーだけだともナルヴェは言った。なるほど。私達は早速、飲みながら道を下り、気分を上げようとした。私達は骨の折れる様々な歩きで、互いを楽しませられるこの遊びのたちまちとりこになった。ナルヴェがドランカー医師、私がスモーカー教授だ。「お医者様、いかがですか？」と私は尋ねた。「我々はもう一杯飲む必要がある」と彼は言った。「教授はどうです？」「タバコは効く」「何にです？」「紙巻きタバコは気分を高揚させる効果があるのさ」と教授《私》が言った。「あなたはどの大学をお出になったのですか？」と医師《ナルヴェ》が尋ねた。「ベルゲン大学です」と教授は答えた。するといよいよ医師も教授も笑い出した。「あなたは？　どこで学位をとられたのですか？」「あなたと同じ大学の歴史学部ですよ」「ですが、歴史学部を出ても、医師にはなれないでしょう」と私は言った。「私の患者の大半は、十九世紀の人だから」と彼は言った。「君の手法もそうだろう」「だが今でも通用するだろう」と私は答えた。そう、ブランデーが効いてきて、気分が高揚してきた。私達は間もなく下って、森を抜けるための近道である小道の最後の一角を歩いた。私達は森から出ると、曲がり角でメインロードに再び合流した。曲がり角を曲がると、空き地があった。広場では、パーティーが催されていた。

＊45　カトリックの暦で、復活祭の四十日前の水曜から復活祭の前日までの期間。

リライア村の教会の前の広場では、白のテーブルクロスの敷かれた長テーブルが五台あった。ナイフやフォーク、グラス、食べものや飲みものを、テーブルの前の長椅子に座っていた家族は、自分達の家から持ってきていた。トランペットが吹かれ、黒のスーツとワイシャツに身を包んだ四人の男性によるロマ・ミニ・オーケストラの演奏のはじまりだ。ピエロの恰好をし、数メートルもある竹馬で歩き回る男が、マジパンのボールを若者たちに投げつけている。小さな屋台では、焼き肉やチーズ、ソーセージ、郷土料理のスープが売られていた。私達は屋台のひとつに向かったが、すぐ長テーブルに手招きされた。角の席が空いていて、椅子を出してきてもらえた。私達はカラファティス家の料理を味わうことになった。パプリカのマリネが添えられたチーズ入りの豆料理があり、小さなソーセージやオリーヴ、自家製のロゼワイン、お決まりのウーゾ、それにコーヒー。砂糖でコーティングされたケーキにクリームをのせて食べた。イチゴとラズベリーのケーキだ。カラファティスの家族は、父と母、二人の息子と二人の娘、そして彼らの友人、祖父母、様々なおじさん、おばさん、幼児からティーンエイジャーで構成されていた。長テーブルを半分占領し、ギリシャの歌を歌っていたが、時折、ロマ・オーケストラに歌声をかき消されていた。ロマ・オーケストラの演奏は、次第にテンポを増し、最終的にその音色は拍手喝采の渦に飲まれた。私達は食べ、飲んだ。リュックサックはテーブルの下に置かれ、一家の犬は渋々、番犬役を引き受け、持ち場でけだるそうに横たわっていた。さあ、踊ろう。私達はカラファティス家の娘達と踊った。出だしからハイ・テンポで、しばらくするとさらにテンポを増し、前に進まず、その場でぐるぐる回るように加速していくのがロマ音楽の特徴だ。

音楽が流れ、回り、渦を巻く。速く、速く、回る、回る。必死で前進しないようにするかのように。音楽はアスファルトを突き破り、丘に穴を開け、踊り子達が螺《ら》旋《せん》状に地中に、暗闇の中に、地下の世界に消えていき、そこで音楽が辿るべき道と、家を見付ける。地下で素早く結婚式が開かれる。暗闇の中で一瞬、結合し、瞬く間に溶ける。全てが美しく、全てが素晴らしい暗闇の中で、音楽と光と笑いが渦巻くトンネルを抜け、ひとつになった二人を導く。踊り子はその意思に反し、日中の光の中に引きずり出され、ばらばらにされ、それぞれの場所に送り返される。

椅子とテーブル、食事とワイン、会話とタバコに戻る。カラファティス兄弟の下に戻る。彼らはグラヴィアまで私達を車で送ってくれた。十五分のドライブだ。歩いたら四時間ほどかかる距離だ。私達は礼を言うと、背中にリュックを背負い、手を振ると、それまで歩いてきたのと同じ道を、おぼつかない足取りで進みはじめた。

# 5　道を探す

私達はピンドス山脈の尾根を越え、ギリシャ観光協会の山小屋で夜を明かした。まずは薪ストーブと良質なベッドのある丸太小屋で、次に氷のように冷たい石の貯蔵庫で、ベンチに座り、ウールの毛布を巻いて寝た。過酷な登山、睡眠不足。リュックの中の食料のうち、残っていたのは干しぶどうとチョコレートだけだった。私達はメテオラ修道院群のある岩壁の下にあるカランバカという小さな町へと歩いた。神聖な狂人によって彫られた巨像や、巨大な彫刻のような形をしたこの素晴らしい岩壁。山とは何だろう？　それでも大いなる策略があり、自然の創造主がいたのかと尋ねずにいられなくさせる方法で堆積し、磨かれ、ちょうどこの場所に岩の塊を作った自然の力。頂上のどこかに修道院を建てたのは、自然の力なのだろうか？　私達はそれらをメテオラで見付けた部屋のバルコニーから見ていた。タベルナ・コカ・ロカ、最も高い山の麓の、急な上り坂にある宿屋だ。人間がいかに神の秩序に静かに順応し、創造物に挑戦したり、それらを改善したりしようとせず、自然の法則に従って、そこに住まうかの証《あかし》として、頂上に修道院が建つ。鳥の巣、キツネの穴。修道院が山の一部であるかのように、谷や人間的な活動に勤しむ私達全てを常に見下ろしてきたかのように思えた。

　私達には食べものが必要だった。飲みものも。宿屋の持ち主はザネトス家の母とそのアルコール依存症の息子――赤毛で、目の下の血管が美しい青い模様のように浮き出、赤ら顔をした若くて美しい男性だった。浮き出た血管を流れるその血は告げているのだ。間もなく何かが完全に壊れると――いや、すでに多くが壊れてしまったと。何に壊されたのだろう？　孤独に？　母親に？　義務と責任？　それとも死んだ父親に？　先天的弱さ、アルコール依存症？　それとも、単に酒が好きなだけか？　彼は旅行が好きでないと吹聴《ふいちょう》している。色々な場所に行ったことはないし、どこにも行きたくない。彼は旅する必要がないし、あらゆる国からここに旅行者がやって来て、出身国の言葉や歴史を持ち寄る。彼はアメリカやオーストラリア、ノルウェーやフィンランドがどんな国か想像するのが好きだが、そこに旅するところを想像したことは決してない。彼は世界で最も誇り高く、美しい国、栄光のギリシャの、日差しが差し込み扉が開かれたこの家の地下室のこの家のメテオラの岩壁の下という最高の場所で快適に過ごしている。

　私達はザネトス家の母が薪で豚肉を焼く囲炉裏のそばの日陰のテーブルについている。暗い地下室で、燃える石炭の光に照らされた彼女は若く見えた。黒い巻き毛、黒いブラウス、黒いロングスカート。サンダルで歩いている。彼女は息子の髪を撫でた。二人はまるで恋人同士のようだった。彼女が地下室にいる間、彼はほどほどに酒を飲む。彼女は食事を作る。

私達客は五人だ。彼女はすぐさま、料理を出し終えると、家に上がり、彼は再びそこに座った。アルトゥール・ザネトスは母親がいなくなるのを待ってから、自分が飲む自家製のロゼワインを取り出した。セラミックの樽《たる》から。酌んでも酌んでも尽きることのない何かから。私達は三晩、宿屋に泊まり、ワインを大量に飲んだ。彼は私達よりさらに多く飲んだ。彼が働くバーでは、ボトルにはこだわらない。こだわるのは外国のボトル、ロゼだけだ。栄光のギリシャで一番のワインだ。彼は自分のこと、それに生まれ故郷についての自慢が止まらない。彼はずっと世界で最も誇り高く美しい通貨、ドラクマ銀貨で勘定してきたが、その誇り高き通貨をユーロに替えるため、渋々、銀貨を両替機に入れた。アーサーはユーロに反対しているわけではなかった。ユーロは彼を豊かにしたが、その金を何に使うべきなのだろう？彼は自分自身でワインを作り、昼の大半と夕方ずっと、夜の大半を地下で飲むのに費やしている。必要なものはあまりない。タバコ、新しいサングラス、革靴？　いつも同じ服。紺のシャツに黒のズボン、茶色の革靴を素足で履いて歩く。彼は裕福なホームレスのように見える。午前一時には、タバコが切れる。彼は私に金を渡し、町のキオスクに遣《つか》いにやる。行き帰りで二十分かかった。私が戻ると、彼が実際に、どれぐらい酔っ払っているか見聞きできる。呂律《ろれつ》が回らず、顔は今にも崩れそうだ。顔が腫れ上がり、瞳に水が溜まり、まるで泣いているみたいだ。彼は泣いていた。アルコールが彼を満たし、はじけ、ついには溢れ返ってしまっていた。彼は汗をかき、呂律が回らず、唾を吐き、ドアの外で小便をする。彼はもうオーナーでも、バーテンダーでもない。彼はアルコール依存症で、この地の酔っ払いで、無力で、堕落していた。
　秘密の合図のように、古い約束のように、母親が戸口に立っている。ネグリジェで、ぼさぼさの髪で、彼女も酒を飲んでいる。彼女は私達の座るテーブルに決然とよろよろ歩いてくる。彼女は息子の髪を摑み、引っ張って立ち上がらせ、助け出し、彼を支え、腰の周りをしっかりと摑んで連れ出し、髪を撫でる。

　朝、地下室に、キッチンに戻り、今では年老いた彼女が、朝の日が差し込む中、朝食を出す。素早く細々《こまごま》とした動きで。家を切り盛りしているのは彼女だ。宿屋にもっと多くの客が来るようになり、ギリシャ人の家族が旅行に出るようになると、週末、数日、地下室で十五歳か十六歳の若い女の子に手伝ってもらうようになった。ほとんど話さない小さくて暗い生きものだ。彼女は黙ってうなずき、給仕し、片付けをし、掃除をしていた。台所のラジオから流れるのは、ギリシャの音楽だった。太陽の光が窓に差し込んでいる。目玉焼きとコーヒーの香り。ドアのそばのテーブルの陰に、老人が座って、うとうとしていた。銀白色の髭をたくわえ、頭に黒の帽子をかぶり、女性用なのだろう、分厚くて大きな眼鏡をかけていた。彼はびくりとし、新聞を少しめくると、再び眠りに落ちた。私達はスクランブルエッグと濃厚なヤギのホワイト・チーズを食べ、オレンジ・ジュースと濃いコーヒーを飲んだ。今日は高台の修道院まで階段を上がり、坂を登った。日中の散歩だ。私達はより小さなリュックを借りて、水のボトルと軽食を詰め、写真機とノートを持っていった。パトリック、ジョン、ニックのオーストラリアからやって来た三人の旅行者達が、同じような旅をしていた。私達は誰にも邪魔されず、自分達でいるのに慣れていたため、彼らの先を行った。私が先、ナルヴェが後。ナルヴェは後ろを歩くのが一番好きだ。後ろを歩く時、思考が冴えるのだと彼は主張する。前を歩く人は、道に常に注意を向けなくてはならない。地形を読み、道を辿り、方向を定め、決断を下さなくてはならない。私達はどこに行かなくてはならないのだろう？ナルヴェは、私が彼ほど山歩きに慣れていないので、先を行くことでよい練習になると言った。彼の言う通りだった。道を探すのは、重要な能力であり、鍛錬が必要だ。先を歩く時、私はよく道先案内人やガイドについて考える。正しい道、最良の道程を見付けるのが、いかに重要かを。正しい方角と、歩行のリズムを摑むのが。選択を誤る度、歩行のリズムが崩れ、分断され、大変になってしまう。正しい道を探すため、引き返すのは、歩くことのうち最悪の事態だ。間違った道を行くのは、散歩で最もテンションが下がる経験だ。エネルギーが奪われ、神経がすり減る。なので、先を行くのと後を行くのを交替するべきだ。道を見付ける責任を交替するのだ。だがナルヴェは、道を見付ける技術を身に付けるため、前を行くのが必要だと考えている。そして私は道を探すのがうまくなった。地図を読むのもうまくなったが、さらに重要なのは、地形を読み、森や藪を抜け、ほぼ直感的、あるいは理性的に、または注意を向け、正しい、または最良の道を見付けることだ。牧草地や土や川や丘、山や高台、谷や峠を越え、私達の進まなくてはならない道の轍《わだち》や小道を見付けなくてはならない。前を歩くことで、私は自然との関係性を意識することを学んだ。私は見ることを学んだ。正しい道を見付けることで、私は風景を読み解くことを学んだ。尾根の陰の、雲の下に、きっと湖や水辺があるのだろう。霧のかかる場所には、沼がある。恐らく森も。海は空を明るくする。空のどこに太陽はあるのだろう？　松の木の右側にある蟻塚《ありづか》、垂れた枝。羊道。焚き火の残骸、狩りの道。ヤギ飼い、農民、山人達。あらゆる国や地域を縦断し、道を見付け、小道を上ってきた。大事なのは、踏み固められた道を見付け、それを辿ることだろう。森を抜け、山を越え、村から村へ、農場から農場へ行くよい道、狭くて踏み固められた道ほど、美しい道はきっとないだろう。麓の道、街道、小さな場所と場所を繋ぐ小さな道など、複雑に入り組んだ道がある。これらの古い道が、馬や荷車が通れるよう広く、舗装され、郵便物が運ばれるようになり、そして、メインロードやアスファルトの道やトンネルが通され、高速道路ができ、環状道路ができ、ゆっくりと、また同時に、新しい小さな道が、歩道ができ、私達はそれらをゆっくりと、忍耐強く進んでいく。

　私は前を、ナルヴェは後ろを歩く。二台の歩くロボットは今、併走する。硬く、ねばっこいリズムで、穏やかに、あまり硬くも、あまり速くもなく、均等に、流れるようなテンポで。遠くまで歩かなくてはならない二人によく見られるよい、穏やかなテンポで。

私達は上へ上へと登っていく。およそ八百メートル、登る。修道院は台地の上にあった。周りに石の壁が巡らされた山の端まで修道院は広がっていた。修道院は脅かされているのか、防塞の内にあり、聖職者は兵士だった。今日は、その任務は、男一人で——長い髪と髭を生やし、分厚くて丸い眼鏡をかけた恰幅のよい背の低い男一人が担っていた。丈の長い黒衣をまとい、頭に丸い帽子をかぶっていた。彼は愉快そうな人だった。ギリシャ正教会の聖職者は、ユーモラスな人だった。英語とドイツ語で冗談を言い、体と腕を常に突き出していた。まるで私達を攻撃するか、追い出そうとしているかのように。代わりに、砂糖を振りかけた小さなハチミツのケーキで一杯になった小さな木の箱を取り出した。それらのケーキはクリーム色で、べとべとしていた。私はそれらを二つ食べ、今、聖職者は跪き、「神のご加護がありますように」と言った。私がためらいつつも、跪くと、聖職者は私の頭の上に右手を置き、次の祈りの言葉を読み上げた。その手から力強さと温《ぬく》もりを感じた。なぜ私なのだろう？　彼は何か視《み》えるのだろうか？　不幸や波瀾《はらん》万丈な運命が？　彼は私のために祈っていた。私は立ち上がりながら、思いがけないことをした。シャドーボクシングをはじめ、床の上を踊りながら、パンチした。聖職者は笑い出し、私の方にやって来ると、ガードを上げ、わざと命中させずに、軽くパンチした。ボクシングをたしなんでいるのは明らかだった。私達は部屋の中で踊り回ると、空中で打ち合い、しゃがんだり、フェイントしたりした。素早く、短いジャブと素早いフットワークの持ち主だった。鼻で息をし、壁に私を押しのけ、私のガードを外し、素手で慎重に私の頬にパンチした。私はぎょっとした。本当の試合だったら、私は床に仰向けに倒れていたことだろう。私は長年、ボクシングをしてきた。彼の鼻が折れていることに気が付いた。「あんた、ブルガリア人なんだろう？　ブルガリア人は喧嘩《けんか》が好きらしい」と彼は冗談を言った。それから彼は両手を合わせ、うなだれると、また顔を上げ、ナルヴェと私に向かって十字を切った。「もう行きなさい」と言った。

　私達は別れると、それぞれ町に向かった。私は洞窟や古い集落を抜け、高い岩盤の周りを蛇行する道を辿った。かつて山に家や教会が建てられ、死者が葬られた。山は生者と死者、人間と動物を守ってきたのだ。洞窟と山の通路、穴と空間の世界、山中の古めかしい高い塔。一番上に、鳥が鎮座する小さな洞窟があった。一階には、人が生息していたらしき大きな空洞があり、一番下、山の底の洞窟には、ドブネズミやキツネ、蛇、ハツカネズミや野犬、サンショウウオなどがおり、やがて小道は小川が流れる藪に突き当たる。廃墟と化した粉ひき風車に小川が流れ、粉ひき風車の下には、まるで暮らしている人達がいまだに洞窟に住むのを好んでいるかのように、岩壁と山の背後に保護を求める必要性を引き継いだかのように、一階建ての住居と巨大な石造りの家があわせて二軒ある。ひとつの家からもうひとつの家に鎖で繋がれた大きくて痩せた犬がいて、飛びかかってきた。リードがぴんと張り、動けなくなり怒るトカゲ、鋭い歯をし、翼が切り裂かれた先史時代の獣のように、空中に一瞬、宙吊りにされると、後ずさりし、宙返りして、再び飛びかかった。私は車道を通り、町へと下り、カフェを見付けると、野菜や花を売っている小さな広場を見渡せる角に座った。一人になるのはいいことだ。菊、チューリップ、グラジオラス、ユリ、バラ。花は人間のよき友だ。人は花を見つめる。花が色や光の弓を成す曲線やカーブを辿る。影と闇を。人はあることを思い出す。人は異なる思考を持つ。人はアニスのブランデーを注文する。乳白色の液体の入った背の高く、細長いグラス。それで私はよい気分になる。私は午後の間、ずっと一人でいて、町の様々な場所に座り、このブランデーを水で割って飲んだ。危険な飲みものだ。決まった味、決まった酔い、決まった感受性、郷愁に依存するかのように。決まった孤独感に。完全に特別な平穏さに辿り着くために。花を見つめる。花はパラソルの影に生えている。それで十分だ。私はノートを取り出し、書きはじめた。

## 6　ギリシャを出て、トルコへ

なぜ旅をするのか？　なぜ家にいて、お前《私》があらゆる場所で一番好きな場所である部屋に、住まいにいないのか？　よい家、私達が必要なものを集めた必要な空間、よいベッド、書き物机、たくさんの本。海の見える窓、リンゴの木、ヒイラギの生け垣の生い茂った庭。よい隣人、店を日常的に行ったり来たりする。新聞を買うため、店主の娘と話すため、雨の中、樫《かし》の木の下に立つ馬の横を通り過ぎるため。平穏を、静寂を、より強い帰属意識を得るため。毎日同じことをすること、家の中で自らの流儀や習慣を守り、片付けをし、掃除をし、庭仕事をし、同じ顔を見、同じ道を行き、同じことを繰り返す。静かなよい生活を送るために。アーサー・ザネトスのように。彼は旅せず、まるで眠っているかのように、日だまりに座り、休む彼を世界の何も追いやれないかのように、動かず、母親と暮らす家の外の椅子に座る。きっと彼はゆっくりと、嫌々ながら、周囲の環境の一部になるのだろう。古い、特徴的な山々、石造りの家、そしてそこに住む人々に。彼はひょっとしたらこの場所と母親と繋がっているのかもしれない。もはや断ち切ることのできない、断ち切りたくもない絆で。そして代わりに彼は忍耐強く自分自身の小さな動きと、自分自身の小さな自由を。彼が自然な一部となった小さな場所に築いてきたのだろうか？　彼は毎朝、タバコを買いに町へ行った。午前中は、日を浴びながら、ラジオで音楽や話を聞いた。邪魔されたくないようだった。アーサーと話したければ、歌が終わるのを、声がやむのを待つことだ。彼はラジオを切ると、自家製ワインを日陰で飲んだ。「二杯目だ」と彼は言った。「ああ、ファースト・キスだな」と。

「春に最初に咲くラッパスイセンだ」と彼は言うと、グラスの中身を飲み干した。彼は話をするのは好きだったが、話を遮られたり、邪魔されたりするのを嫌った。「そう、最初の恋人だ」と彼は言った。彼が一人つぶやくのに私達は耳を澄ました。彼は地下のテーブルの陰の角の日陰に座すのが大好きで、歩きながら話した。彼はどこか遠くに向かって話した。彼はイタリアとスペイン、ルーマニアとロシアの女の子と付き合ったことがあり、これらの国々の特徴や習慣、秘密や詳細を知っていた。トリノでは朝食に何を食べるか、バルセロナのナイトライフ、ブラショヴやモスクワではどんな風に踊るのか、それらの地の音楽、食事、ウォッカ、歌、ロシア人の作家、彼がここで、メテオラの宿屋の地下で出会い、知り合ったロシアの娘達。だがこれらも、ギリシャの食事、ギリシャの自然、ギリシャの音楽、この地の娘達には敵わなかった。アーサー・ザネトスは椅子から立ち上がり、フロアを歩いた。変身。彼は性別を変え、腰を振り、両腕を広げ、頭と髪を振り乱し、肩ごしに視線を投げかけた。そんな風にしてギリシャの娘は去っていくと彼は女性のような甲高い声で言った。「さようなら。二度と会うことはないでしょう」彼は笑った。こんな風に自分自身に裏切られるのを愉快に感じたのだろう。彼は今、一人、孤独だった。テーブルにもたれかかり、水差しからグラスにワインを注いだ。彼が女性を愛したことがないのではないかと、一瞬、思えた。今夜、母親がムサカを作るのだ、と彼は言った。美味しいギリシャ式サラダとたくさんの良質な飲みもの。「よい夜になるよ」と彼は言うと、私達を振り払った。彼は水差しとグラスを前に、一人でいたいようだった。

バスに乗り、メテオラからテッサロニキに向かう。汚くて騒々しい町だが、山腹と港の端は真っ白にぴかぴかに磨き上げられている。港は石畳の遊歩道になっていて、白く光っている。町を手で守っているかのように見える防波堤に波が打ち付けるところまで、遊歩道が海に渡されている。私達はここで食事と睡眠以外してはならない。八人部屋、二段ベッドに毛布、昆虫、ノミ、天井に蛍光管、電気の雑音。イスタンブール行きの列車は七時三十五分に発車する。私達はノミとノミよけを持って歩く。名誉なことに、最下層の旅行者の証だ。駅でメテオラの宿屋でいっしょだったニックと再会した。いっしょに国境まで列車に乗った。列車を降りて、ビザを支払うなど、国境を越える際の一連の儀式に随分と時間がかかった。暗く、雨に濡れたイスタンブールに私達はゆっくりと向かった。

イスタンブールでは、なぜか道案内したがる小集団から迎え入れられた。振り払えず、段々と脅されているように思えてきたのか、ニックは恐怖を露わにしはじめた。彼は腰に小さなリュックを巻き、背中にそれより大きなリュックを背負っていた。石畳の道をよちよち歩きながら、写真器材とバッグの上で開かれた傘を差す彼は、無力で弱いサイのようだった。海外に行くのは初めてなのだろう。彼は大都市の盗賊や馬泥棒のところへ行くオーストラリアのロバのように、必要ないものもオーストラリアから何もかも持ってきていた。一行は

――集団は、彼が持ち運び歩かなくてはならないがらくた――ヘアドライヤー、サルマン・ラシュディの小説[*46]、自家製のジャム二瓶、カメラの折りたたみ式の三脚、男か女かどちらでもよいがトルコのサッカーチーム全員分かと思うほどの洗面道具入れを運んでくれた。私達がようやくハギア・ソフィアのすぐそばにあるユースホステルの二階にある三人部屋に無事連れて行くと、彼はリュックの荷ほどきをした。ニック・フットナーは十九歳で、ヨーロッパを一人旅するため、大学を一年休学していた。彼は旅に持っていくと最悪な二つの特徴、勇気と無謀さを絶妙に持ち合わせたタイプだった。イスタンブールで数時間、同室で過ごすと、たちまち私達は彼を好きになった。私達はニックのことをかわいそうに思ったが、彼はうまくやっていた。彼は周りの人が思わず手助けしたくなるタイプだった。彼は自分の寝間着を着て、私達から見えないようタオルを二枚枕の下で畳んで、私達の間のベッドで眠った。彼はタバコも酒もやらなかった。夜、彼は怖がって外に出たがらず、受付に座って、自分と似た野球帽にオールブラックスのTシャツ、ショートパンツにスニーカーといった恰好の臆病なオーストラリア人達と話していた。それは一種の制服のようなものなのだろう。旅回りのチンドン屋のようだった。「奴は一体全体、毎日、どんな風に過ごしているのだろう？」ニックが寝た後、窓枠に座ってラク〔干しぶどうを水と発酵させ、アニスを加えて蒸留したトルコの酒〕を飲みながら、トルコのタバコを吸っていた時、ナルヴェが聞いてきた。「博物館や美術館に行っているのさ」と私は言った。「奴は目にしたものを写真に撮り、分厚いノートにメモし、チケットやナプキン、ビールのコースター、名刺とかもらったものをそこに貼っているのさ」「酒は飲むのか？」

「いいや、だがビールのコースターは集めているみたいだ」今日、ニックは近所の床屋に行っていた。観光客相手に商売している英国人の男の店だ。港のマクドナルドで夕食を食べ、そこで明日、ボスポラス海峡にいっしょに船で行く予定のオーストラリア人の女の子に会ったようだ。きれいな子だそうだ。私達どちらにとってもニック・フットナーは謎だった。まるで世界中の無垢と清らかさが洗いたてのよく手入れされた体に集められたかのように、彼は静かに呼吸をし、いびきをかかなかった。彼は夢を見ているのだろうか？　どんな夢を？

「シドニーの家族の下に帰り、また学校に通い、隣の家の娘と結婚できたらどんなにいいかと夢みているんだろう」とナルヴェは言った。

＊46　『悪魔の詩』（〈上・下〉、五十嵐一訳、新泉社、一九九〇年）を指すと思われる。

# 7　イスタンブールの街を歩く

イスタンブールを歩く。見知らぬ街を、あてもなく歩く。目にするものは、初めて見るものばかりだ。三月のとある土曜の午前。土砂降りの雨に濡れ、灰色と化した街が今、雲間から漏れる日の光で、色彩を取り戻す。街が日の光をとり込むよう作られたかのように、太陽の光が銀色に輝く光塔《ミナレット》、黄金色のモスクの丸屋根、スルタンアフメットの宮殿の窓に差している。太陽と光が注ぐよう、高台から海へとイスタンブールの通りや広場が広がっている。マルマラ海からの湿った青い光。それは大量の霧と雨をもたらす。この街のマーケットや通路の屋根やアーケードに守られている。この街の大部分が、屋根の下に隠れている。屋外と同じぐらい屋内も活気のある街だ。壁とファサードと門と扉の陰に、部分的に隠された道や広場に空間。

アイギュン・プラザ・ホテルの裏手にあるタクシム広場のすぐそばのラマルティン通りの扉の向こうの小さな事務所に、平凡な仕事の陰に隠れた作家、メリフ・ギュネイが、座っている。彼は姉と小さな旅行代理店を営んでいる。時刻は十一時半。メリフがいつも一本目のタバコを吸うのも、ぴったりこの時刻だ。禁煙を志したことはあったが、タバコの煙なしには考えることも、書くこともままならないのだと彼は言う。ところがその日は、昼休みまで一本目を吸うのを我慢できたそうだ。二本目は、家に帰ってから吸うとのこと。自宅で夜、机につき、思索にふける時には、誰にも邪魔されず、タバコを吸えると彼は言った。彼はこれまで短編集を一冊書いたことがあるそうだ。タバコを吸うこと、イスタンブールの道を歩くこと、やりたくない仕事をすること、夜に純文学を書くこと、雨と霧、決して成就しない愛についての小説を。「ペソアみたいだね」と私は言った。自分自身についての小説なのさ、とメリフ・ギュネイが答える。メリフは無精髭に黒い短髪の、若く美しく、誇り高い青年だった。店を出るとすぐさま、有名作家であるかのように、茶色い大ぶりのサングラスをかけてみせた。大きな屋敷をそれとなく指差すと、「あそこはオアムック一族が何世代も暮らしているんだ」と言った。「金持ち一族さ。だが書き手としては私の方が上さ」とメリフはパムクについて言った。「オルハン・パムクなら、世話になっている出版社が、ノルウェー語訳を出しているよ」と私が言うと、メリフは「何だって？ パムクの本がノルウェー語に訳されているだって？ なら私の本もその出版社に持っていってくれ」と言い、その日一本目のタバコに火をつけた。私の新たな友、メリフは、メイン・ストリートのイスティカル・カデーシを歩いていると、サングラスをかけていたにも拘わらず、大勢に声をかけられた。読者ではなく、イズミルやブルサの町の親戚を訪ねるため、バスや列車や飛行機のチケットを買った老人や若者に。「私は複数の雑誌に寄稿しているんだ」とメリフは言った。「大手文芸誌にも、地下雑誌にも。散文や詩を書いているんだよ。様々な表現形式やジャンルを実験しているんだ。新しい文学を打ち立てるのは、困難だ。易々と成し遂げられるものじゃない」とメリフは言った。「この国では、何が起きるか予想がつく本ばかり読まれているんだ」とメリフは言うと、「それに訳されてもね」と皮肉っぽく付け足した。「あんたの国でもそうかい？」と聞かれ、私はうなずいた。彼は私を慰めようとするかのように、まるで私が彼と全く同種の作家であるかのように、私達が全く同じ困難にさらされているかのように、我々が今ではよき友、仲間であるかのように、肩に右手を回してきた。その時、私は自分達と同じように、男性同士、女性同士でしか見たことがないような親密さで、肩を寄せ合い、歩く人達が多くいることに気付いた。私達は肩を組み、通りを歩き続けた。

　メリフは私を行きつけのカフェに案内してくれた。いつも同じ時刻に、同じテーブルにつくそうだ。「ジャン＝ポール・サルトルみたいに、ここでいつも小一時間は過ごすのさ」と言った。イスタンブールは六〇年代のパリのようだった。「文学というのは、偉大な実験さ。新しい文学を書き、新しい哲学を構築するんだ」と彼は言った。「フランス文化はブルジョワジーにより——戦後の怠惰な資本主義により廃れてしまった。トルコの文化はイスラム文化だけでなく、トルコの保守化とナショナリズムにより抑圧された」とも。六八年、フランスで反逆が起き、ついに芸術が開花したが、トルコで反逆が起きるのは、その四十年以上先だろうとも言っていた。「まあ、今に見てろよ。私達はその前線を行くのさ」と彼は言った。

しかし彼はサルトルではないので、あと一時間もすれば、店に戻らなくてはならない。彼はサルトルというより、フェルナンド・ペソアを彷彿とさせた。背が高く、痩せていて、丈が長く、分厚い上着を着、赤ワインを一本飲んで赤らんだ顔を隠すため、大きなサングラスをかけたペソアに。「あんな退屈な仕事から解放されるために書くんだ。しかし文句は言わない。旅行代理店の仕事はそうきつくないんだ。あそこに座りながら、私は休んだり、考えたり、メモをとったり、小説の構想を考えたりできるんだ。そして家に帰った時には——海を見渡せるアパートの二階の小さなわが家にようやく戻った暁には、机につき、眠気覚ましのタバコに火をつけると、生き返り、トルコ一の作家になるんだ」とメリフは言うのだった。

イスタンブールの通りを歩くこと。建物や家、通路や商店に入り組んだ狭い通りを辿り、地下や地上、階段を下りたり、角を曲がったり、狭い市場や路地を通り抜けたりする。橋の上、または下を歩くこと。上には車道に歩道、下にはレストランと露店。道の反対側には、地下道に密集した狭くて、人口密度の高い地域。古い町。私は港沿いを歩き、露店のひとつで、パンで挟んだ焼き魚を買った。スルタンアフメットに向かう路面電車の線路と石畳のカーブに沿って歩き、ワインを売っている屋台で足を止め、カウンターの前に立ち、店員の頭上のテレビ画面でサッカーの試合を見た。トルコのニット帽。青、茶、赤、緑。私は同じ黒の帽子を買い、髭を伸ばし、皺くちゃのスーツで歩き周り、それでもうイスタンブールにたくさんいる路上放浪者の一人になったように感じながら、街の渦の中に、そっと滑り込む。街に消える。群衆の中でのこの孤独。これよりよい孤独はない。私は数珠《じゅず》を買い、歩きながら、数珠にいくつ珠《たま》がついているか数えた。ひとつ、二つ、三つ。私は自分がここに住む人に似はじめてきたのを喜ばしく思っていた。後ろのポケットに金を。ショルダーバッグにノートを。大学を通り過ぎ、舗道のカフェに座って、水パイプを吸う。

町の習慣や、住人を細かいところまで真似ることで、自分自身の特徴を理解できるようになることもある。

この街で一番鋭く、一番警戒心の強い目が、私が自分を偽っていることや、街の道を行く計算された歩きに気付く。人は街の明らかなる観光客やゲストより興味深くなり、追いかけられる。追っ手は若い男で、突然私のそばに現れ、耳打ちした。「ハシシかい？ ウィスキーかい？ 彼女かい？」「必要ないさ」「若い男がお好みかい？」「結構。必要なものは全て持っているから」と私は言った。「嘘だ」と彼は言った。「私は何も必要としていないのさ」と私は言った。「嘘だ」と彼は言った。「私が差し出すものを欲しがらない男はいない。それともあんたは男じゃないのか？」と彼は尋ねた。路上演説だ。「あんたが提供してくれるようなものなら私は全部持っているよ」と私は嘘をついた。「ならどうして一日中、一人で歩いているんだよ？ どうしてここイスタンブールにいるんだい？」と彼は尋ねた。「ついてきな。私が本当のイスタンブールを案内してやろうじゃないか。あんたのガイドをしよう」

と彼は言った。

　もちろん別のイスタンブールもある。街の地下にある街、地下の世界、影と闇の中の人生が。だが私は果たして見たいのだろうか？　金と魂の両方を犠牲にしなくてはならない。私は追っ手の顔をまじまじ見た。下界の人物のように頬の上に傷があり、顎鬚《あごひげ》を生やし、おぞましい目をしており、口には歯が何本かなかった。一瞬、この男にイエスと言いたくなった。本当のイスタンブール、そんなの嘘だ。我々は嘘をついていた。彼も私もどちらも。水面下にあるものが表に出ているものほど、現実的なわけではない。私は水面下にあるものを見たいと思った。ナイト・クラブや売春婦、麻薬の密売、女装家、プライベート・クラブ、浴場、街の地下での乱交パーティー、音楽、通りやモスクの下での半裸の体、そんなイスタンブールを。「結構です」と私は言った。彼は笑った。「随分、頑固だな。芸術家か？　芸術家や有名な俳優や、作家や映画関係者が行く場所に案内してやろう。女の子の友だちに電話するから、その中から一番いいと思う子を選べばいい。その後、クラブに行こう。ベリーダンスやよい音楽、よい人を楽しめるよ。私はその人達を知っているんだ。私はイスタンブールを知っている。私はイブラヒム・ハニというのさ」と彼は言うと、手を差し出した。私はその手を握り返した。彼は私の手をきつく、長く握っていた。「約束だよ」と彼は真剣に、きっぱりと言った。「あんたは私といるんだから」イブラヒムは言った。「神経質になる必要はないさ。私はあんたをだましたりはしない。金はほとんどかからないよ。ほぼ全く。皆、知り合いだから。飲んで、タバコを吸って、話をしよう。あんたは私にあんたの国のことを、私はあんたに私の国のことを教えるのさ。それから女の子にも会える」

私達はイスタンブールの街を歩いた。暗くなり、街灯が点されていた。あまり遠くまで歩かないうちにイブラヒムが右の脇道へ入っていき、ニット帽をかぶった用心棒が大きな灯りの漏れる窓の向こうの店まで辿り着いた。テーブルにはランプ、青い花模様の白のタイルの施された壁。明るい木の床が、ホールの奥の長いバー・カウンターの前の小さなテラスのように広がっている。小さな前室と地下室は半分埋まっていて、下から音楽が、トルコのダンス・ミュージックが聞こえた。私達は空いたテーブルを見付け、携帯電話を取り出すと、女友だちに電話し、すぐにその子達は現れた。三人。一番好きな子を選んでいいよと彼は繰り返すと、紙に何やら薄くて甘い物質が塗られたタバコを数本、差し出した。美味しかった。タバコを一本吸い、ビールを数本飲むと、私はぼうっとしてきた。抵抗と疑念を失った。警戒心も自制心も。私の新たな友、イブラヒムは上機嫌で、小さなダンスステップやピルエットでホールのこの一角を楽しませてくれた。隣のテーブルの女の子達といちゃいちゃしながら、くるくる回ったり、上着を脱ぎ着したりした。彼は私を金持ちのヨーロッパ人の友と呼ぶと、帽子をとるよう言った。彼は私から帽子をはぎとると、女の子の一人にかぶせた。「私の金持ちのヨーロッパ人の友は、君のことが好きなんだ」と彼は帽子をかぶり、タバコを吸う女の子に言った。ところがイブラヒムの三人の女友だちがドアから入ってきて遮られた。厚化粧で、ミニスカートとハイヒールでふらふらとホールに入ってきた彼女達が、娼婦だと容易に見て取れた。私達のテーブルに黙って、待ちかねた様子で、怒って座っていた。こんな醜い女が三人も同じテーブルを囲んでいるのを見たことがなかった。ざらざらした、丸い顔。太り過ぎの、たるんだ体。ブリーチした髪、紅《あか》く塗られた唇。茶色い、ぼんやりとした、虐待された目は、誰かに殴られ、叩かれたかのように、青と黒で化粧されていた。「この子達に何か飲ませてやらないと」とイブラヒムは言った。「私の金持ちのヨーロッパ人の友がおごるから。さあ、あんたは一人選んで、その娘《こ》を幸せにしてやってくれ」彼は厄介なことになると知っているかのように、頑《かたく》なに、興奮して言った。私は立ち上がり、奴の腕を摑み、バー・カウンターに連れて行った。「これはよくないよ」と私は言った。「女の子達を家に帰してくれ」「それはできない」と彼は言った。「決めるのは私じゃない。彼女達が自分で決めるのさ。トルコの娘は自由で自立している。ヨーロッパの娘のようにね」「その娘達は娼婦だろう」と私は言った。「ヨーロッパの娘と同じさ」と彼は私に侮辱されたかのように、その時には憤慨して怒鳴った。彼は上着のポケットから折りたたみ式のナイフを取り出し、手で隠したのだが、私がテーブルに戻らなければ何をするつもりかは明らかだった。私はテーブルについた。イブラヒムはワインを二本持ってきた。機嫌を取り戻し、冗談を言い、笑った。三人のうち最も太った娘を選び、隣に座ると、汗と香水のきつい匂いがした。ワインを何杯か飲むと、私に腕を回してきた。私達はカップルみたいにテーブルの陰に座っていた。私は甘いタバコをもう一本吸うと、ワインを飲み、隣の胸に頭をもたれさせた。彼女は私の髪を撫でた。私は彼女の首にキスをした。イブラヒムはご満悦で、私は飲んだものの代金を支払うと、くつろぎ、半分横になり、ホールを眺め、地下室へと階段を下りたり上ったりするホールの娘達を見ていた。「皆で下に行って、踊ろうか？」と私は尋ねた。地下は赤いライトで照らされ、新しいバーと小さな舞台があり、そこに若い女の子が踊っていた。彼女の前のダンス・ホールには男がひしめいていた。彼女はベリーダンサーのような恰好をしていて、真珠やガラスを糸でぶら下げた銀の刺繍《ししゅう》が入ったブラジャーをし、舞台をまぶしいライトで照らすミラーボールのように回っていた。銀のミニスカート、黒のパンティ。彼女は踊りながら舞台を降り、ホールでくるくると回り、スカートのウエストのゴムのところと、ブラジャーに札束が差し込まれていた。彼女は男達の前に立ち、上半身を揺らし、後ろに体を倒し、髪を床に叩きつけた。ベリーダンスというよりストリップショーだ。金を十分もらうと、ブラジャーを外し、バーに立つ私達の前で踊った。彼女は踊り、胸も踊った。二つの尖った硬い球体が上下に揺れた。まるで打ち付ける目に見えないリズミカルなポールに乗り、回るかのように。音楽。それは私達を高揚させる。私はサンドラと名乗る娘を抱きしめ、耳元でささやいた。「行こう」と私は耳打ちした。彼女はうなずくと、イブラヒムに合図した。「行くよ」と私はイブラヒムに言うと、サンドラを抱きしめた。私は彼女に抱きついていた。彼はうなずいた。「だが先に金を払ってくれよ」と彼は言った。「半額先に払ってくれ。残りは後でだ。終わったら、サンドラが電話してきたら、アパートに行くよ。そうしたら女の子達と私達二人、とびきりのパーティーをしよう」と彼は言った。分かったよ、と私はうなずいた。そして金を渡した。それから私達は階段を上り、サンドラの腰に手を回し、階段を上り切るまで彼女を離さなかった。ホールは人で埋め尽くされていた。私は彼女を離し、できるだけ速く、テーブルとテーブルの間を歩き、ドアの外の左手の狭くて暗い通りに出た。そして私は駆け出した。全速力で。

## 8　リュキアン道

私達はメリフ・ギュネイからバスの切符を買った。イスタンブールからアンタルヤまでの夜行バスだ。バスの後部座席を二席。黄色い力強いメルセデスのバスで私達は夜中、出発した。私達はこんな夜の旅が、私達が静かに座って半分眠っている間、エンジンが私達を運んでくれる静けさと暗闇が好きだ。夢と車輪、夢とエンジン。私達は穏やかに横になり、知らない場所に連れ回される。夜中、知らない国にバスで旅することほど、夢のようなことはない。バスが止まり、私は目覚め、奇妙などこだか分からない場所でバスを降りた。目を醒ました人達がタバコを吸おうとバスを降りたり、街灯に照らされる広くて人気のない広場で半分目覚め、無計画に歩き回ったりしていた。私達はまだ生きているうちに数えられるのだろうか？　中間地点の無人地帯で、知らない場所に向かっている私達は、すでに半分、死んでいるのではないか？　私達が持つ唯一のシェルターは、待っているバスだけだ。私達はバスの一部であり、私達の席に戻り、旅は続き、私達は暗闇の中、走り出す。

　隣の大男は、私の肩に頭を乗せて眠っている。彼は突然目を醒ますと、お菓子と水筒に入れてきたコーヒーをくれた。彼はトルコ語で話し、私はノルウェー語で答えたが、何の問題もなく、私達の間に何ら距離はなかった。ナルヴェはバスの窓ガラスに顔をもたれさせ、外を眺め、夢みたが、寝てはいなかった。彼は知らない場所でなかなか寝付けず、少ししか眠れなかったのかもしれない。目覚めも旅の一部なのだろう、きっと。だが家の自分のベッドでも、途切れ途切れ、少ししか眠らないのかもしれない。私は彼が眠るのをほぼ一度も見たことがないことに気が付いた。まるで睡眠が彼の持つ秘密であり、隠し、守るべきものであるかのように。私達は朝、アンタルヤまで行き、そこでドルムシュという小ぶりのバスにすぐに乗り換えた。古い十二人乗りのフィアットに途中乗客が乗り込み、最終的に二十人もの旅人がバスを埋め尽くした。海岸沿いを一時間ほど走ると、カシュに向かう狭い曲がりくねった道に出る。海岸沿いを一時間ほど走り、南まで延びる狭く曲がりくねった道を進むと、バスが右に曲がり、山を登りはじめた。私達はギョイヌクというベリダグラリ山の麓の小さな村で下車した。ここから私達の徒歩旅行の第二ラウンドが、最も長い旅がはじまる。私達は英国の作家、ケイト・クロウが「最も豪華な道」と形容した、三十日間の旅に出て、トルコの南端を、山を越え、英国の新聞で世界一美しい散策路と称された道を行くのだ。

私達はたじろいだ。私達は待ち、私達の前にそびえる、高くて雪をまとった、美しい山へと第一歩を踏み出すのを、出発自体を先延ばしにしようとした。私達は地元のカフェで朝食を食べ、地図を見る。それらの地図は不正確で、私達のように細かな道を行き、山を越える者には、ほとんど使いものにならなかった。詳しい地図は軍が管理しており、配布するのは禁じられている。あとは私達の類推と試行錯誤にかかっている。私達は出発地点を見付けなくてはならなかった。村を数時間歩き回り、道と山の正しい入り口を探す。私達は地元の人と話して、道を聞き、山の状態を尋ねる。ギョイヌクを離れたくないかのように、村の通りや店を未練がましくうろうろしていた。新しいシャツを買おうか。そろそろ髪を切ろうか。ワインをいっしょに飲んで、神経を落ち着かせて、白ワインと数杯のラクで歩きのエンジンを暖めるのもよいかもしれない。私達は酒を飲み、タバコを吸った。様々な小さなカフェ、レストランに行った。歩き出しはこれでよいのだろうか？　私達は重い足取りで、ギョイヌクを出、川沿いを走り、まるで山間の崖に消えていくかのような狭い砂利道を辿った。私達は歩き出す準備ができているのだろうか？　道がカーブし、背後で村が滑るように消えていく中、私達はレストランを、ピクニック場所を、木と木の間の日陰に、葉っぱでできた日よけの下のテラスに小さなテーブルがあるのを見付けた。よい場所だ。横を行き過ぎるのは不可能だった。私達はすでに歩き出していたのでは？　私達はすでに歩き出していて、これがスタート地点で、私達は忙しくはなかったのでは。私達はテーブルにつき、ワインと、白豆とトマトとセサミ・ソースの入ったピヤズを頼んだ。私達は店主のアリに、山に登ろうとしているところだと告げた。彼は地図を持ってくると、広げた。それは禁じられた地図、軍事用地図だった。彼はそれを私達に数分見せると、黙って、再び丸めた。宿屋があった。ありがたい。私達は道を見付けたのだ。アリは地図を丸めると、周りを紐で縛り、黙ってキッチンに行くと、そこでパンとチーズの弁当を二つこしらえた。「よい旅を」と彼は言った。だが私達は行きたくなかった。まだ。私達はワインをさらに注文し、地図について議論をし、計算をした。よい第一歩を踏み出した。よい歩き出しを。私達はワインを飲み干すと、荷物を担ぎ、山に向かって急な坂を駆け上がった。

　飲み過ぎてしまった。私達は川を渡り、靴や靴下を脱がなくてはならなかった。水は氷のように冷たかった。太陽が燃えている。リュックは重すぎて、私達は汗をかき、足を引きずりながら、ぬかるんだ道を進み、最初の丘を越える。風景は平らになった。平原だ。二軒の荒れた家。一軒は木のテラスがあり、谷と村の壮大な景色が足下に広がっている。私達は顔を見合わせた。言葉は必要なかった。家へと歩き、空っぽでないか調べた。空き家だった。ドアは壊れ、窓は割られ、土とゴミがリビングの床に散乱し、焚き火と酒の臭いがしていた。ホームレスが住みついてしまっているのだろう。私達はそこに荷物を運び込んだ。ただし、寝るのは外、テラスにすることにした。私達はその場所を片付け、焚き火をするために薪を集め、テラスの日陰で寝袋に横になった。ナルヴェはリュックにウィスキーのボトルを入れていた。私達はそれを開け、テラスに横になり、話をし、酒を飲む。私達は何を話しているのだろう？　私達は怯えていた。誰かが来ることを。襲われ、盗まれることを。ムスクからの祈りの叫び、犬や虫の鳴き声や木に吹く風の音、村からの音。日が沈み、私達は闇の中で横になった。トルコの広い空の下で過ごす夜だった。私達は不安で、恐怖していた。暗闇と村からの音で、恐怖が伝染し、肥大していく。それらの音は近づいてきているように思えた。忍び寄る恐怖。冷えてきた。私達は焚き火に火をつけ、ウールのセーターと帽子を身に着け、寝袋に入った。二人の少し怯えたホームレス。私達はウィスキーを飲み、アルコールで恐怖が麻痺していくのを、プラスチックのコップから一口飲む度に、恐怖が静まっていくのを感じた。そしてウィスキーを半分飲んだところで、恐怖は消えていた。私達は上機嫌になりはじめており、話し声は大きくなり、警戒心を失っていた。私達は大声でわめき、笑った。

「ホームレスは私達だ」とナルヴェは言うと、寝袋からナイフを取り出し、ある考えに取り憑かれ、一瞬にして豹変《ひょうへん》したかのように、焚き火の光の中、ナイフを掲げた。「危ないのは私達だ」と彼は言った。「私達が恐れているのは、ちょうど自分達のような奴らだ」と彼は笑うと、テラスの上で立ち上がり、邪悪な意志と邪悪な思想を振り払おうとするかのようにナイフを振り回した。「ホームレスは、私達だ。恐れられるべきは私達だ」と彼はテラスで寝ていた私達二人のドッペルゲンガーに言った。

一晩中、寝袋でごろごろしていた。寒くて美しい夜だった。夜明けまで寝たり起きたりを繰り返した。鶏が鳴き、モスクからお祈りの声が聞こえ、夜明けとともに光が訪れる。鶏が鳴き、モスクから祈りの叫びがし、太陽から光が差し、暖かい。私達は帽子を目深にかぶり、日の光と熱の中――暖かな中、数時間、寝た。私達は帽子とウールのセーター、上着、ズボン姿で、寝袋で寝るのが暑くなり過ぎるまで寝た。私達は起きた。弁当を食べ、水をたっぷり飲み、ブーツを履き、リュックを背負った。歩き出す準備万端だ。

険しい坂を登った後、トウヒの森を通り、歩いていく。トウヒの針葉と酔いを誘う土の香り。太陽の光が枝に降り注ぎ、草や葉を凍らす。私達が歩くと、パリパリと音がする。私達は疲れと寒さを汗で流し、アルコールと恐怖と不安と言葉を汗で流し、歩いて体を温めた。数時間前までは寒過ぎたが、今は暑過ぎて、リュックは重過ぎたが、私達は服を少しも捨てられずにいた。私達は洗面道具と本を投げ捨て、重過ぎる小さなものを全て捨て、弁当の箱も、水筒も、制汗剤もトーマス・マンやヴァージニア・ウルフの小説も捨てた。自分達が必要なちょうどいい重さになるまで、どうしても大事ではないものは捨てた。食事と服、飲みもの、寝袋を十〜十二キロ。敷物も、テントも、予備の装備も持たずに、私達は懸命に遠くまで歩いた。

ブーツがよく、リュックが重過ぎず、背中に何も感じない時、服が乾き、汗や雨でまだびしょ濡れになっていない時、歩くのは最高だ。それに、歩くことほど、素晴らしいことはない。自分の力で前に進むこと、片方の足をもう一方の足の前に出し、一種の忘却、同時に強められた連帯の中へと歩いていくこと。私達は歩いていることを忘れてしまう。私達は歩くことさえも、また動くことの緊張感も忘れ、同時に、聴覚も嗅覚も冴え、全てをより鮮烈に感じる。鳥が飛び立つ。太陽の光が樹冠に差し、地面から蒸気が発される。白のアネモネの小さなつぼみが、輝いている。水が、静かな水が流れている。池の岩陰で、鯉《こい》が休んでいる。私達は池の水を飲んだ。溶ける雪、雪についた足跡。泥沼の絨毯。風で揺れる藻。遠くまで歩いていると、考え込むことが減り、歩行のリズムに乗って、思考が停止し、私達が見聞きするものに意識が集中する。私達が匂いを嗅ぐもの。この花、風、木が、思考が再び形を変え、私達が出会うもの——川や山、道の一部になるかのように。

間もなく、ブーツがこすれはじめ、服が汗でびしょびしょになった。私達が考えた唯一のことは、どこで日差しを避けようということだった。険しい上り坂、じりじりと照りつける暑さ、分厚過ぎる服、リュックの重み、筋肉が痛み、心臓が高鳴り、息が上がる。足は動いてはいるが、今では独りでに動きはしない。私達は足を押し、無理矢理前に出させた。私達にはルールがあった。文句を絶対に言わないという、互いを咎めない約束だ。歩くのが辛くなった時に、たった一言不平を漏らしただけで、その日の徒歩旅行が台無しになる。不満を言うことで、旅の全てが台無しになりうることを私達は知っているので、黙って歩く。私達がうまくやっていけるのは、この沈黙のおかげだ。遠くまで懸命にともに歩くことができる。ほとんど距離を開けずに、いっしょに耐えられる。歩く時、私達の思考以外の入り込む余地を持たせずに、百メートル以上の距離はとらずに。私達はそれぞれの沈黙の中で、それぞれに歩くのだ。

　ナルヴェが倒れた。肋骨《ろっこつ》が折れてしまったのだろうか？　一言も言葉を発しなかった。私も藪を抜けたことで肌が傷だらけになり、腕と腹から出血してしまった。私達はあらかじめ決めていた休憩地に辿り着くと、このことを笑った。私達は草に寝転がり、自分達の傷を、自分達の粘り強い沈黙を笑った。私達は蚊に刺されたことを、虫に噛まれたことを、青あざを、靴擦れを笑った。自分達の新しい顔を、腫れた目を、ひび割れた唇を、日に焼けた肌を笑った。私達はまるで二人のホームレスのようだった。破れた上着、泥がつき、膝まで汚れたズボン。私達は草に横たわり、自分達の無様な姿を笑った。「これははじまりに過ぎない」とナルヴェは言った。「一週間後、辿り着く頃には――レストランでピヤズと赤ワインを注文するためにフェテイエに行く頃には、どんな姿になっているだろう」

「ひょっとしたら辿り着かないかもしれないな」と私は言った。

「どういう意味だい？」

普段通り、以前のように、歩き出す前に戻るのは難しいかもしれない。分からないが、これは、真のはじまりなのかもしれない。新しい何かの、全く違う人生の、異なる生き方の。


草むらで数時間、日陰で数時間、過ごす。私達は急な坂を上り、山頂のギョイヌクという意味を持つ、ギョイヌク・ヤイラシに辿り着いた。丘の頂上に、朽ち果てそうな家が、分厚くて高い柱の上に建っていた。階段を上がる。私達は扉を開ける。リビングには、床の上に無造作に置かれた古いウールの毛布以外、何もなかった。私達はここで一晩を明かし、毛布で床のゴミを掃き、笛が吹かれる音に耳を澄ます。外階段を下りると、家の裏手のオレンジの木の下に、白い髭を生やし、黒い帽子をかぶった男が立っていた。口に笛をくわえていた。男は笛を吹き、右腕を頭の上にまっすぐに上げ、手を膝に落としていた。それはヤギ飼いが犬に出す、お座り、という合図だったが、彼は犬を飼っておらず、合図は私達に向けたものだった。彼はその動きを繰り返した。お座り。私達は見つめ合った。ナルヴェと私は。「誘っているんだよ」と私は言った。ヤギ飼いはヤギに取り囲まれ、木の下に立っていた。彼は笛を吹き、もう一度、腕で合図をした。お座り。私達は合図に従い、咀嚼《そしゃく》を繰り返しながら、開いたり閉じたりする口にもう一方の手を当てているヤギ飼いの方に歩いていった。「食事の誘いだな」と私は言った。私達はリュックを取りに行き、男の後を追った。男はヤギと二人の腹を空かせた私達旅人を従えて、谷底を歩いた。私達が尾根に沿って歩いていくと、ゆっくりと木から家が現れるのを眺めた。木の幹の周りを、二階まで壁が巡らされ、その幹の一番下の葉が花や草の茂った勾配屋根に伸びていたという事実を除いては、その家はまるで子どもの頃に作ったツリーハウスのようだった。美しい家だ。小さなテラスと裏が増築された簡素な家だ。キッチンと、古いトラクターのエンジンで井戸から汲《く》み上げられた流水。私達は階段を上り、ブーツを脱ぎ、小さな部屋に案内された。そこでは、年配の女性がスカーフをし、分厚い上着を着て床に座っていた。女性は男みたいに髭を生やしていたが、顔は女らしく、丸くて、赤らんだその顔を痛みに歪《ゆが》め、目をぎゅっと閉じ、上半身を前後に揺さぶりながら、短くうめいていた。ゲターン・ラマザンはナルヴェを指差し、床の上の女性を診るよう訴えた。ナルヴェは医者の息子で、ワイシャツを着ていると、確かに医師に見えなくもない。彼はいつも医薬品を選んで入れた小さな薬箱を持ってきていた。鎮痛剤に睡眠薬、鎮静剤など。ラマザンが彼の中に潜む医者気質を見抜いたのか、それともただ単に、誰でもいいから助けてほしいという絶望的な願いからくるものか。ドクター・ドリンクは屈んで、床の上の女の人を診《み》た。片方の足がひどく腫れていた。「腎臓から来る炎症です」とナルヴェが私に言った。「私にできることは何もありません」と彼は言った。「抗生物質が必要だ。鎮痛剤を飲ませよう。阿片剤を。それがこの状況から助かるために私ができる唯一の道だ」

診察と治療が功を奏し、その後、ラマザンの妻であるその老婆は立ち上がり、背筋が伸び、すぐに若返ったように見えた。彼女は私達皆に食事を作ってくれた。私達は家の他の部屋――寝室とリビングがひとつになった部屋の床に座った。ラマザンが眠るベンチ、床にその妻のマット、寝床と寝床の間に暖炉がある。暖炉に白樺の木がくべられ、気温も気分も高まっていく。ヨーグルトに似たクリームにつけるパンとチキン・スープが出された。続いて、胡椒をかけた半熟卵と、この素晴らしいパン。私達は氷のように冷たい水を飲んだ。それから小さなテレビでニュースを見、甘くて丸い焼き菓子といっしょにトルコ紅茶を飲んだ。喫煙タイムだ。小さなベランダに出てみた。私達は狭いテラスに出た。満月だった。ラマザンが目に涙を溜めている。彼は幸せだ。少なくとも表面上は。ナルヴェは心配そうにしている。彼はラマザンに鎮痛剤を分けてやろうか悩んでいた。「医者に診せなくちゃ」と彼はラマザンに言った。ラマザンはうなずき、ナルヴェの肩を叩くと、「お医者様」とありがたそうに、嬉しそうに称えた。

　私達は納屋で寝た。鉄のベッドがひとつある小屋だった。ベッドは私達がそれぞれ頭を端に向けて寝て、ぎりぎり二人眠れる大きさだった。パラフィン・ランプひとつ、枕二つ、ラマザンがタバコとブランデーのボトルを潜ませていた毛布数枚。そこは彼の休憩場で、私達は長く、ぐっすり寝た。ドアの隙間のところに立っていたラマザンは私達を起こすと、手と口で、朝ご飯だよ、と合図した。私達はリビングの床に座り、コーヒーと水を飲みながら、卵とパンを食べた。ラマザンの妻は薬が効いたのか、マットレスの上でぐっすり寝ていた。ラマザンは相変わらず上機嫌で、ナルヴェは相変わらず心配そうだ。ナルヴェはラマザンに鎮痛剤を全てあげた。私達はさらにアメリカの紙巻きタバコ一箱とトルコの通貨を見つけ出したが、ラマザンは金を受け取ろうとしなかった。「医者に使って下さい」とナルヴェが言うと、ラマザンはうなずき、彼を抱きしめた。「医者」と彼は繰り返すと、紙巻きタバコに火をつけた。

　私達はゲデルメに向かった。踏み均《なら》された林道を――ヤギ飼いと猟師向けの谷沿いの平らで楽なコースを進んだ。私達は十二歳の少女に出会った。片手に棒を、もう一方の手に石を持ち、二十頭以上のヤギの群れを追っていた。この二千年間で変わらない仕事道具だ。ライチョウが二羽、飛び立った。少しすると、私達は狩人に出会った。彼は片方の肩のストラップに散弾銃を掛けていた。口髭を生やし、縁《ふち》に羽根のついた三角形の帽子をかぶった背の低い男で、よく写真で見る猟師そのものだった。カメラを向けると、彼はポーズをとった。それは恐ろしいが、全く無害な写真だった。私達は一定のリラックスしたテンポで歩いた。ナルヴェが先を、私が数百メートル後を歩いた。つまり今度は私が考える番ということだ。私は何を考えるか？　歩くのが楽になればなるほど、無意味な思考にははまりやすくなる。思考は軽くなっていき、心配ごとや深刻な思考から抜け出し、この旅が終わったら何をしようか、どこに暮らし、何を書こうなどともはや考えなくなった。私達が前に進めば進むほど、思考は反対方向に進み、過去へどんどん遡っていくのだった。私は青春時代を——子ども時代を思い出しながら、過去に戻ると同時に、未知の新しい何かへと進んでいく。

ゲデルメは数軒の家と、小さな屋台のあるただの交差点に過ぎない。屋台の扉から女が一人、外をのぞき、扉の外には三つのプラスチック製のテーブル三つと椅子があった。私達は峠を越え、下山していたところだった。ここで食べるべきか、それとも海岸にあるシラリまで下り切った方がよいか？　私達が座ろうとしていたところに、屋台の前にトラックが止まった。運転手がコーラを買っていた。私達はその運転手に大通りまで乗せてもらえないか聞いてみた。運転手がうなずいたので、私達は荷台に飛び乗った。そこには折りたたみ式の椅子に老女が座っていた。三頭の小ヤギが荷台に繋がれ、若い少年が親ヤギを見つめている。父親は、どこに連れて行かれるのか知っているのか、不安そうにしていた、脚をロープで縛られた雄鶏《おんどり》の上に座っている。一家は魔法瓶の紅茶を飲んでいた。死にたくないと抵抗するヤギや鶏さえいなければ、一見、家族旅行のようだった。男が立ち上がったり、雄鶏を放したりする度、雄鶏は立ち上がろうと、飛び回り、倒れ、つまずき、押さえつけられ、つかまえられた。まるで脱走が雄鶏の内でも続いているかのように、片方の瞳の瞳孔が大きくなったり、小さくなったりしていた。私達はこの死闘に同情と恐怖を感じながら硬直して座っていた。私達は雄鶏のこの恐ろしい死の旅に片足を突っ込んでしまっているのだ。雄鶏が鳴いている。ナルヴェは耳を塞ぎ、私は目を閉じ、どちらも押し黙っていた。荷台に黙って座り、旅が終わるのを堪え切れず待った。雄鶏の旅は私達の旅と正反対の旅のように思えた。私達ははじまりに向かって旅し、雄鶏は終わりに向かって旅した。しかし雄鶏の死への旅は私達に自分達自身の恐怖を蘇らせる。はじまりがあるものには、いつか終わりが訪れる。私達は荷台に座り、雄鶏の生を求める闘いに打ち震えていた。私達は二人とも、死ぬことを過剰なまでに恐れていた。

## 9　オリンポス滞在

この過剰なまでの死への恐怖は、どこから来るのだろう？　これは終わりなのか？　旅の終わりか？　ここで旅は終わるのだろうか？　私達は荷台から飛び降り、小走りで、死と雄鶏から逃げた。その後、雄鶏は、新たな種類の沈黙として、蘇った恐怖として私達につきまとった。メインロードを歩いていると、車が勢いよく走り過ぎた。この突然の加速、この殺人的な速さ、この暗闇、走り過ぎる見えない顔。私達は道路の端でバランスをとった。トレイラー、バス、トラック、乗用車、トラクター。私達以外に歩行者はいなかった。高速道路沿いを進む二つの小さな人影。一歩左へ進めば、過ぎ去り、終わる。これで終わりだ。旅は。ここで終わるのだ。だが私達はバランスを保っていた。ぴんと張られた綱の上を左にも右にも落ちずに進んでいた。私達はまっすぐに歩いた。片方の足をもう一方の足の前に出し、シラリに続く黄色い路面表示の上を歩いていた。

　私達は夕方、海岸そばの小さな村に入っていった。暗い。私達は暗闇の中を――高速道路を、アスファルトを歩いてきた。足は腫れ、マメが切り傷のように痛み、肩が痛み、背中が痛み、頭も痛んだ。歩行者はどんなにゆっくりか、どんなにひどく恐れと無力感に満ちているのか、暗闇の中、道で。いかに小さく、未知で、暗闇で、道路で、空で、いかに無意味か。大きな暗い無の中で、ともに走った。どうして私達はここを歩いているのだろう？　何に向かって？　どうして私達はベッドで、家で、いっしょに同じ部屋で寝ないのか？　私達は目覚めると同時に眠る。そういうものじゃないのか？　愛すること？　愛には安らぎが必要だ。落ち着くことが。同じ場所で安らぐことが。移動は孤独を伴う。

　私達は海岸沿いを歩き、寝場所を探した。家々からの、住居からの、家庭からの灯り。宿屋に入るとダブル・ルームが一部屋空いていた。よい寝場所を見付けた。服を脱ぎ、ベッドに横になり、タバコを吸い、ボトル半分のラクを分け合い、水と混ぜて飲んだ。こういう酔い方はいい。ベッドに横たわりタバコを吸うのは、何と気持ちのよいことか。窓の外からバーからの音が――音楽が、ルー・リードが、笑い声が、グラスの音がする。ベッドに横になり、酒を飲む若い娘達の声を聞くのは、よいものだ。

　朝、私達はリュックを持って、ビーチに向かった。オリンポスに向かって。長く延びた白い海岸、澄んだ青い海、足に寄せる波。休息を必要とする足に。私達は休息を必要としていた。私達は今、休まなくてはならなかった。私達は数日間、ビーチで過ごすことに決めた。廃墟と化した寺院の間を登り、川沿いを行き、川がカーブし、白のサンザシの花が生い茂る門の陰の、開けた空き地に、私達は完璧な場所を見付けた。キャンプ場、バラック。そしてバラックの陰の木立に、小屋があった。

　私達はそれぞれ小屋を一軒ずつ借りた。壁は薄く、隙間もあいていた。床の上のマットレス、毛布、それが全てだった。それで十分だった。小屋は簡素で良質で、壁の隙間から差し込む太陽の光で、小さな部屋にかすかな温もりが与えられていた。小屋から細い階段を下りると、板石が敷き詰められた小道が、ツリーハウスとツリーハウスの間の小さな道のように延びており、大きな部屋の中央に薪ストーブのあるバラックに繋がっていた。ストーブの周りにある長い木のテーブル沿いの床にはおがくずが、コックを隠すカーテンの陰のキッチンには、ポーランド人学生が二人いた。彼らは一日に三食――朝食と昼食と夕食を振る舞い、夜、ホールの隅で夜更かししたい人のためのバーを開いていた。このバラックは、小屋に泊まる人達皆——旅人やヒッピー、学生、そして短期間、または長期間ここに住まう正体不明の人達——の集いの場だった。私達はこのキャンプ場が去りがたい場所であると気が付いた。日中、私達はビーチに横になって休み、海で泳いだり、キャンプ場のある高台を少し歩いたりした。午後には、小屋で横になり、読書をした。暗くて寒くなると、すぐそばのバラックに行き、そこで薪ストーブを囲み、食事をし、おしゃべりをしたり、音楽を聴いたり、ラクを飲んだり、タバコを吸ったりした。楽しい生活だ。普通の規則やシステムの外の、大きな社会の中に潜む小さなコミュニティでのシンプルな暮らし。私達は夜更かしをし、哲学や文学について議論しつつ、自分達自身の習慣を確立し、自分達の柔軟性を開拓し、たっぷり寝て、よく食べ、たくさん飲んだ。ドイツ人、ポーランド人、アメリカ人、トルコ人、そしてなかなか去らず、何より自分達が好きなことを——読書をし、だらだらするために、林間の小屋に居座る二人のノルウェー人。

　ある晩、バラックのテーブルの前に、ある家族が座っていた。父親はプレスされたベージュのフランネル・ズボンと白い半袖シャツがよく似合う五十歳前後の男性だった。彼は容姿がよかった。妻は美しく、夫より若く、娘達は美しく、人目を引いていた。彼らは何者か？　一家はここで何をしているのだろう？　私はいつものようにアンドレアスと酒を飲んでいた。アンドレアスは耳鳴りに、頭に常に響く音に悩まされていた。その耳鳴りのせいで彼は気が触れ、結婚生活も崩壊し、仕事もやめざるをえなくなった。ある日、彼は旅に出、ベルリンを離れ、家も家族も捨てた。「自殺しなかったのが不思議なくらいさ」と彼は無感情に冷静に言った。彼は寡黙で気難しく、いつも自分の殻に閉じこもっている。孤独と真剣さを帯びた強いオーラを放っている。他の人達は彼を避けていたので、私とアンドレアスは二人だけで座っていた。ここに来て以来、一度も意味をなす言葉を発していないと周りから言われているその男の話を聞くのを私は楽しんでいた。私達は愛について話していた。私達はあらゆる難しい事柄について、あらゆるよい事柄について、ありとあらゆることを話した。アンドレアスは長くて、太くて黒い髪に、力強い髭をしていて、それらの毛で顔が隠れてしまいそうだった。分厚い眼鏡をかけていたが、話をする時、瞳は輝いていた。大きく開いた艶《なま》めかしい口をしていて、彼はハンサムな男だった。私達は新たにやって来たばかりの家族を見ていた。一家は食事をしていた。食事の後、父親が一人残され、酒を飲んだ。飲んでいたのはラクだった。彼は突然、ビートルズの歌を歌いはじめた。彼は『ディア・プルーデンス』を、その後『ブラックバード』を歌った。彼がやがて、『ロッキー・ラックーン』を歌い出すと、ついに私も堪えられなくなって、いっしょに歌った。私達は『ホワイト・アルバム』の大半の曲を歌った。しかし父親は、シャワーを浴び、身なりを整え、服を着替え終わった妻と娘に止められた。二人はいい年をしたおじさんが、たくさんの若者に囲まれ、歌っているのを、みっともないと思ったようだった。二人は父親にシッと言うと、愛情を込めて口をぽんと叩いた。ところが父親は私達をテーブルに招き、私達に『オブ・ラ・ディ、オブ・ラ・ダ』と

『ホワイル・マイ・ギター・ジェントリー・ウィープス』を歌わせた。私達はラクを飲み、父親は、自分はトルコ軍の大佐だったと話した。若い頃はヒッピーだったのだそうだ。彼は妻と娘に自分がそれまでの人生をどう生きてきたのかを示そうとした。「私は髪を長く伸ばし、髭を生やした正真正銘のヒッピーだった。ちょうど彼と同じような」と言うと、アンドレアスを指差した。「そして今、私は陸軍大佐をしていますが、あなた方が思う程、大きな変化ではなかった。私は以前の私と変わってないんだよ」

　大佐はラクを飲み、酔っ払った。妻や娘達は彼をベッドに誘い込もうと、引っ張ったり押したりした。ところが彼は座ったままだった。「私は妻を愛している」と彼は言うと、彼女を抱きしめ、キスをした。「それに娘達も愛している」と言った。バラックの誰の目にも彼らは幸福な一家に映った。アンドレアスは目に涙を浮かべ、顔を背け、シャツで眼鏡のガラスをぬぐった。この家族の風景を見、何かを思い出したのだろう。私もそうだった。私は片方の腕をアンドレアスに回した。私達はそんな風に、名もなき共犯者のように座っていた。

　若妻はようやく大佐をベッドに誘い出すことができた。彼女は大佐を追ってバラックを出て、小屋に行ったが、しばらくすると戻ってきて、アンドレアスと私を父親についての話で楽しませてくれていた娘達の傍らに腰かけた。彼は愉快な男で、よい父親で、友人で、仲間だった。私はアンドレアスが初めて私以外の人と話すのを見た。彼は二人の娘に長く、真剣に語りかけていた。私は魔法にかけられたようにそこに座っていた。私はアンドレアスがその二人の少女達に話しかけている程、賢く、美しく誰かが話すのを他に聞いたことがなかった。娘達と母親は黙って聞いていた。私も同じようにした。私達はこの魔法の夜から抜け出せず、明け方まで暖炉を囲んでいた。どうやってお開きにしよう？　私達は誰一人、立ち上がって、寝床に行こうとしなかった。誰もやめようとしなかった。私達は眠りたくなかった。眠れぬ夜。私がそれまで経験した中で最も美しい夜のひとつだった。三人の女性と、父親のように話すアンドレアス。

　三時間眠っていた私は、ナルヴェに起こされた。彼は落ち着きがなく、歩きたいと、再び旅に出たいと、山を登り、海岸沿いを下り、計画したルートを歩みたそうにしていた。だがアンドレアスと一家に別れを告げなくてはならないと私は言った。私は行きたくなかった。まだ。終わっていない、こんな風に急に終えたくはない何かを思い、私は抗った。「あと数日、ここに残れないか？」私をアンドレアスと、大佐とその妻と二人の娘と繋ぐはっきりしないが大切な何かがあると思いつつも、二日酔いで気だるい中、渋々服を着て、リュックを背負い、ナルヴェの後を追い、バラックに行き、そこで朝食を食べ、お代を払うと、私の新しい家族に別れの言葉を一切告げず、歩き出した。

# 10　郷愁

　四月も終わりに近づき、間もなく五月だ。私達はオリンポスのキャンプ場を後にし、川を渡り、森のトンネルを抜け、海を見渡せる高台にある小さな村の廃墟の横を通り過ぎる。道の真ん中に、犬の死体が転がっている。その犬は灰色だったが、腹部は汚れて黒くなっていて、恐らく這いずり回り、もがき苦しみ、やがて力尽き、死を待ち、横たわったのだろう。突如、道が閉ざされた。ごく普通の日に。犬は硬直し、目は見開き、毛皮に傷も裂け目もなく、無傷で、鳥や他の動物に襲われることもなく、道に横たわっていた。私はその犬をそのまま横たわらせておき、ヤギ道をそのまま上り続けた。ロバ道、ラバ道、ヤギ道がある。動物達が山道に名前を与えてくれている。私達は海へと、地図に印をつけてあったゲリドニア岬と灯台に向かい、細い道を進んだ。

　灯台に人はいなかったが、かつての灯台守の住居の跡地の外には、泉があり、私達はその水を飲み、休んだ。灯台からカラオズの海岸に下る散歩道は、この旅のハイライトのひとつだ。トウヒの森を抜け、大きな樫の木の木陰に馬が立つ開けた平原を越える美しい坂。放牧される羊、ロバ、ヤギ。どれも自由に歩き回っている。ずっと下の山の麓に農場がありそうな予感がした。私達は夏の山岳農場や小規模な農場を通り過ぎ、高台から巨大なトマト農園を見下ろせた。温室が、平らで鋸歯《きょし》状の景色の中で、雪のように輝いていた。近づくと、温室は透明になり、血のように赤いトマトが膨らみ、温室の壁や屋根に押しつけられ、内側から破裂しそうになる様や、成長した植物によってひびが入り、穴が開くのが見えた。温室と温室の間には、小さくて狭い道があり、そこで子どもに犬や猫、鶏、ドブネズミが遊んでいた。迷路の端には、帆布の日よけのついたテラスがあった。そして丘の上の半メートルのところの、屋根で日陰になっている椅子の上に、巨大で太った男が、大きな帽子をかぶり、タバコを吸って座っていた。

　男はちょっとした王様のように見えた。きっとある意味、そうなのだろう。私達はテラスの木陰でいっしょに座らないかと手招きされた。私は山で転んで、足と胸から出血していた。王座に座った大男は、口に指を突っ込み、口笛を吹いた。彼が叫び、命令すると、やがて母親と娘の両方が傷を洗い、手当てしようと家から出てきた。彼女達は湯を沸かし、布を切って傷を洗い、軟膏を塗った。ちくちく、ずきずきするのは、よい兆候だ。娘は若く、軟膏を塗る時、顔を赤らめ、うつむいていた。私は恥ずかしくなって、顔を上げた。若い体を、胸のすぐ下で動く若い手を見ないよう、視線をなるべく上にあげた。私が清潔なシャツに着替えると、キッチンから熱いスープが三皿、運ばれてきた。レンズ豆とソラ豆のオイルとヨーグルト漬け。酸《す》っぱいが、シナモンと砂糖で味付けをすれば、完璧だ。トマトの王様がトルコ語とロシア語で話す中、私達は食べた。ラクと水が出されると、もはや言葉の問題は重要でなくなった。私達は耳を傾け、うなずき、タバコをふかし、酒を飲んだ。私達はノルウェー語で答え、会話は独りでに完全に独自の方向に流れていった。私達は海を指差した。私達は海岸に向かい、海岸で休み、眠らなくてはならなかった。

カラオズの海岸には、バンガローがあり、中にバーと小さなテレビモニターがあった。テレビ画面にはレアル・マドリッド対バイエルン・ミュンヘンの試合が映し出されていた。サッカーの試合を見はじめるとすぐに自分達がドイツを応援していることに気付いた。ホームであるスペインのサポーターが、ミヒャエル・バラックやオリヴァー・カーンにライターやコインを投げつけた。ドイツのチームはサッカーのテクニックと、サポーターからのブーイングに負けず、一点差で試合に勝利した。私達は旅の初めから一メートルも動いていないかのように、全ての緊張と歩いてきた距離が、数分のサッカー観戦とビールでゼロになったかのように、バーでナッツを食べ、ビールを飲んだ。私達はまさに今この場所でしているように、何回、何箇所のバーで、マドリッドやロンドン、マンチェスターやミラノの芝生を走る選手達に歓声を上げてきたことだろう。私達はわが家に戻ってきていた。だが試合が終わり、私達が込み入った議論を終え、ラクとビールで酔っ払い、寝場所を見付けるためにバーを出なくてはならなくなるまで、あと数時間しかなかった。私達は突然、外国に戻るのだ。オフシーズンのトルコの寂れた誰もいないビーチの、寒くてだだっ広い星空の下の暗闇で。

私達はそれぞれのビーチ・ベッドで横になり、自分達が持ってきていた分厚い服にくるまり、寝袋に潜り込んだ。そして徒歩旅行の中で初めて、私は強い郷愁に駆られた。

郷愁。これはもちろんどんな旅にもつきものだ。私達は疲弊し、家に帰りたかった。郷愁が膨らんでいき、強まり、全身の全てのパーツに広まった。足は家を焦がれ、手、心臓、思考は家に帰りたがっていた。私達は十分に経験したし、十分に見たし、十分に聞いたし、限界を超える程多くの経験をした。郷愁は怠惰な無関心、これ以上の移動と変化、人や場所との出会いに耐えられないという無気力な思いとなり体に広がっていった。帰路はすでにはじまっているのだ。私達は家について考え、思考の中で帰路についた。私達はまだ遠くまで歩いてきてはいないのに、まだ半分までしか到達していないのに。ところが道はかすかに曲がっているように思えた。道は曲がり、この曲がり角の陰で、方向が変わっていた。道はなだらかにカーブし、やがて気付かないぐらいかすかに反対側にカーブした。家路は地図に印をつけることはできない。家路は体の中ではじまり、頭まで広がり、足へと広がっていく。そこまでくると私達は家に帰る。私達は一種の夢遊病者に変わり、半分寝ながら、半分早足で、半分迷いながら、「休みたい」「家に帰って良質な安心できるベッドで眠りたい」という強い願いとともに、ふらふら力なく歩いた。郷愁は突然やって来る。なくなるのも一瞬だ。急な坂を登っている時とおおよそ同じように、私達は疲れ、諦めたくなる。再び坂を下り、離れたベッドに引き返したくなる。だが私達は――純粋な意志の力から――坂を上り続け、頂上に辿り着き、自分達がこれから下る場所を見下ろし、その壮大な光景を、新しい魅力的な場所を眺めながら休息をとる。

私達は休憩をとる予定の町に近づいてきた。海沿いのカシュの海岸で、一週間休むのだ。そこがおおよその中間地点だった。私達は海岸沿いをフェテイエまで歩き、そこからイスタンブールまでバスで戻る予定だ。そこから夜行列車でルーマニアの首都ブカレストに行き、そこからブラショヴとシギショアラまで列車で行き、そこから近代的な交通手段は一切使わず、歩いてトランシルヴァニアの山々を横断する。

旅はどのようにして終わるのだろう？　私達は前進し続ける。これは新たなはじまりか、それとも終わりか？　どれぐらい遠くまで、どれぐらい長い間、私達は歩けるのか？　私達は二人とも、いよいよぼろぼろになってきた。ブーツに穴が開き、靴底がすり減り、服が破れてきた。マメや傷、打ち身、切り傷だらけだ。これは何か別の深刻なことの――放浪者、旅人としての人生のはじまりなのか、それともギリシャやトルコを横断する長い徒歩旅行の終わりか？　私達は選べる。時間はたっぷりある。まだ夏と秋がある。急ぐことは何もない。海岸に数週間横になり、よいホテルでキャンプし、よい服やブーツを買える。金なら十分にある。障壁となるものは何もない。仕事も義務もない。罪悪感と郷愁以外には何も。私達は無責任で自由だ。

私達は同じ場所で、同じ通りで育ったが、互いのことを知らなかった。私達は同じルートを辿り、同じ通学路を歩き、同じ森の小道を通ってサッカー場に行ったが、それでもそれぞれ別々の道を歩んできた。私達は私がある日、新しい家族とスン・フィヨルドに引っ越してくるまでは、決して互いに出会うことはなかった。そしてフルデの図書館で、私はある日偶然、ナルヴェと出会った。彼はウィリアム・ダンリンプルの『聖なる山から：ビザンティウムの影の旅』[*47]を読んでいた。これが本や旅を主軸とした私達の友情のはじまりだった。それはまだ終わらない旅のはじまりだった。時空を行き来し、私達の両方が家と呼ぶ場所から離れれば離れる程、互いを知らなかった時代に戻る。私達が同じ通りの同じ家、建物、同じ場所で、もちろんそれぞれのやり方で送った年月に。旅をするにも様々なやり方がある。家にいるにも様々なやり方がある。私達は時間や地理を行きつ戻りつする。本の中を、物語の中を。空想や記憶の中の長短の旅。地図に沿った、見知らぬ場所で。私達は自分自身の部屋で旅することができる。窓際の机の前の一番のお気に入りの椅子に腰かけ、書きはじめれば。

この旅はここで終わりだ。

私達は旅を続け、予定していた海辺の休息地に辿り着いた。高台から町を見下ろす。町は山の斜面へと上り、海に向かって下りていく。海は砂浜と岩のある小さな入り江に静かに流れ込む。私達は泳ぎ、休み、眠り、読み、メモをとり、書かなくてはならない。カシュで私達は知り合う以前のように、別々に暮らし、日々を一人で過ごし、互いに出会うことなく、道を散歩して歩き、自分達の習慣やパターンに従った。私達はある日、偶然、同じ道、または同じカフェを歩くまでは、同じ町を他人として歩き回った。私達のうちの一人が本から視線を上げ、落ち着きなく期待の眼差しでもう一方を見つめる。「準備はできたか？ 背中にリュックを担ぎ、大道を歩く準備はできているのかい？」

＊47　*From The Holy Mountain: A Journey In The Shadow Of Byzantium*　未邦訳。

# エピローグ

道で終わってはどうだろう？　毎日、私が暮らす家から海辺の店まで歩く道で。それは私のお気に入りの道、歩くのが一番好きな道だ。その道は机からはじまり、ドアを出て、小さな玄関を出て、二股に分かれた。私は寝室まで階段を上れた。または勝手口から外に出ることもできた。その勝手口を出ると、小さな建て増しされたテラスに出られる。そのテラスは庭を通り、リンゴの木やヒイラギの木を通り、門の外の狭くてアスファルトで舗装された側道に続いている。私は左にも右にも行けた。

毎日私は左に曲がった（そして郵便物をとりにいったり、王の庭《コングスハウゲン》のそばの車の転回場にあるゴミバケツを転がして運んだりする時だけ、右に曲がる。王の庭からは、壮大な海の景色から、その景色の端に小さな光の点のように見える遠い町までを見渡せた。または町はなくなり、霧や雲の陰に見えなくなってしまったのかもしれない。それは珍しいことではない。

町は見える時より、見えない時の方が多いのだから。私は町を見たいとも思わなかった）。そして側道を辿り、穴の空いた温室を通り過ぎ、アベマキが生い茂る古い納屋と隣人の家を通り過ぎながら、右にうねる急な丘を下った。生け垣は不自然なほど緑で、蜂がたくさんいて、電気音に似た雑音を立てていた。自然に属さない自然の横を通り過ぎるかのようだった。温室も同じで、ひびが入り、割れたガラスの間からぶどうやみかんの木が生えていた。道は曲がり、まさにその曲がり角で、景色が砂利道の両端に開けた。野生の花と草原が海まで波打つように生えていた。小道は右にそれ、森を抜ける。電気柵をまたぐと、森の空き地が急に現れ、立ち止まらなくてはならなかった。窓ガラス沿いの他の場所よりも顕著な静けさと、突然の柔らかな光で私は立ち止まった。空き地に私は毎回驚かされる。それは恐らくそのような場所に現れるその無や、空っぽさのせいだろう。ここには苔とヒースとビルベリーの低木と落ち葉しかなかった。小道は柔らかく、馬の足跡が続いていた。馬が踏みしめる地面は泥が平らに広がった放牧場だった。雨が降る中、馬がそれぞれ木の下に立っていた。穏やかで透明な雨が、ほとんど気付かない程、かすかに降っていた。私は馬小屋と二軒の民家とボートの繋留所《けいりゅうじょ》と、港の周りで半円を描くように、木のボートとプラスチックのボートとモーターボートとヨットが並ぶ小屋を通り過ぎた。今、小道がアスファルトで舗装された側道にぶつかる。私は庭やラズベリーの低木、白い木造の建物やガレージ、車や機械のある住宅街を通り過ぎた。道は丘のてっぺんまで登っていき、突堤を下りていくと、その先に店がある。

その店は夫婦と二人の娘により営まれていた。店の扉を開けると、まるで誰かの家に急にやってきたような気分になる。一家がいつもいるのは、肉売り場の裏側と倉庫と、レジと食事をしたり、コーヒーを飲んだり、タバコを吸ったり、電話で話したりできる休憩所兼バックルームだった。店は広くはないが、必要なものは全部揃っていた。人が本当に必要とするものなど、そう多くないものだ。私は新聞と紙巻きタバコを一箱買い、急いで家に戻り、執筆のため机についた。

　私は歩くことについての本を書きはじめた。それからというもの、毎日、休憩時間に、店に通う以外、ほとんど動かなくなった。そんなある日、私はバスに乗り、街に出、そこからもう少し長い散歩に出た。門を出て、右に曲がり、この島にひとつしかない山の頂上へと歩き出した。その山は三百メートルほどの高さしかないが、島や私の暮らす古い家を見渡すのには、ある意味、十分だった。高台から見下ろすと、古ぼけたわが家も他の家とさして違わなかった。

# 訳者あとがき

本作は、ノルウェーを代表する作家、トマス・エスペダル（Tomas Espedal）が二〇〇六年に発表した小説、*Gå. Eller kunsten å leve et vilt og poetisk liv* のノルウェー語からの邦訳である。

トマス・エスペダルは一九六一年、ノルウェーのベルゲン生まれ。ベルゲン大学卒業後の一九八八年、ローマで暮らす若い作家の愛憎を描いた小説 *En vill flukt av parfymer*（『香水からの野性的な逃避』未邦訳）で作家デビュー。一九九一年、国営放送ＮＲＫのラジオ局Ｐ２とブッククラブの短編小説コンクールに *Hun og jeg*（『彼女と私』）が入賞。二〇〇六年に発表した九作目の本作で、二〇〇七年の北欧理事会文学賞にノミネート。さらに少年から作家になるまでの軌跡と、作家という職業、作家としての暮らしや責任、苦しみ、父になることについて書いた十一作目の小説 *Imot kunsten*（『芸術に逆らって』未邦訳）は、世界中でブームを巻き起こしたカール・オーヴェ・クナウスゴールの『わが闘争　父の死』（岡本健志、安藤佳子共訳、二〇一五年、早川書房）を抑え、二〇〇九年、ノルウェー文学批評家賞を受賞。さらに出版社Gyldendal社が毎年重要な作家に贈るGyldendal賞も授与された。同作は英語で発行された小説に対して授与される国際文学賞のうち最大の賞のひとつである国際ＩＭＰＡＣダブリン文学賞のロングリスト、また北欧理事会文学賞にもノミネートされた。二〇一一年に工場労働者として働くこと、また作家として働くことについて思索した小説、*Imot naturen*（『自然に逆らって』未邦訳）を発表。ノルウェーで最も権威ある文学賞、ブラーゲ賞を受賞。二〇一三年に発表した*Bergeners*（『ベルゲン人』）で、二〇一四年の北欧理事会文学賞三度目のノミネートという快挙を果たした。二〇一八年には妻の死後、自殺を決意する男について書いた小説*Elsken.*（『愛』未邦訳）を出版。

本作は、歩くこと、作家として生きること、愛、芸術、詩、自然について、紀行、自伝、エッセイ、手紙、日記といった複数のジャンルの境界線を徒歩旅行するかのように自由かつ軽やかに行き来しながら書かれた、新しく実験的で独創的な小説だ。自伝とフィクション／詩、エッセイの三つのパートが互いに織り込まれ、どのジャンルに区分したらよいか分からない不思議な作品に仕上がっている。フィクションと人生がどう融合していくかを強く意識しながら書かれているとも評価された。作中で作者自身と思われる主人公が、その日の出来事や思考を日記にしたためる様も描かれており、そこから物語の枝葉が四方八方に伸びていく。テレビ局ＮＲＫ２の書評では、「自己開示的な告白と旅行記という希有で素晴らしい組み合わせ」とされた。

主人公である作者は、かつて結婚をし、子どもをもうけ、主夫だった時期が四年あったが、結婚生活にも田舎暮らしにも、物を書かない日々にも耐えられなくなった。新たな人間関係を築き、新たな夢を見、新たな旅をし、四年ぶりに筆をとり、新たな金を稼ぎ、新たな本を書き、新たな恋人をつくった。しかしその恋人にも捨てられてしまい、やけになって酒を浴びるように飲んだ後、近所の道を歩いていてふいに幸福が訪れる場面から本作ははじまる。秩序ある生活を捨て、放浪者となる決意をした彼は、スーツとシャツ、ドクターマーチンのブーツというややコミカルな出で立ちで、ベルゲンの中心部から、ベルゲン北部のオーサネに続く古い郵便道路を歩み、西ノルウェーのフィヨルド沿岸を進んでいく。徒歩旅行で実際に目にした風景を微《び》に入り細を穿《うが》って描写することを楽しむと同時に、ドイツ、シュタウフエンやウェールズ、スウェンジーなど過去の徒歩旅行を振り返ったり、偉大な思想家との想像上の対話をしたりと、歩くことの流儀に思考を巡らす。そして、ギリシャのアテネからトルコのカシュへと行く徒歩旅行で物語の幕は下りる。

gå（歩く）という言葉が、本作では「堕落する」、「飲みに行く」、「愛する人の元を去る」など、多様に枝分かれしていく。歩くことで作家は外の世界に出ていくと同時に、自身の内的世界へと踏み込んでいく。歩くことで彼は自由を求め、橋を渡り、国境を越え、ランボーの足跡を辿る。飲んだら、堕落し、ホームレスや放浪者のようになる。作者と途中、合流した友人ナルヴェとの徒歩旅行は、文学史や思想史の旅でもあった。作者は一時期、ベルゲンに住む哲学者の家で下宿していて、彼から歩くこと、秩序立った暮らしを送ることを学んだ。作者が歩くことについて書いた、または歩いた詩人、作家（ヴァージニア・ウルフ、ルソー、ヴォルテール、ボードレール、ディラン・トマス、アラン・ラムゼー、ドロシー・ワーズワス、メアリー・シェリー、ソロー、マルグリット・デュラスなど）、画家（アルベルト・ジャコメッティ）、音楽家だけでなく、哲学者、思想家（ウィトゲンシュタイン、キルケゴール、アリストテレス、カント、ヘーゲル、ハイデガー、ボーヴォワールなど）の言葉を多く引いているのはそのためである。

　作中、アグネーテという女性の名前が前置きなく出てくるが、これは本作よりも前に出された小説 *Biografi*（*glemsel*）（伝記「忘却」）、*Dagbok*（*epitafer*）（日記「墓碑銘」）、*Brev*（*et forsøk*）（手紙「試み」）の三連作で、癌で亡くなった妻の死と悲しみ、痛みを描いてきたことが背景となっていることを、日本の読者に向け、ここに記したい。本作で作者は母親と元妻アグネーテのこと、また別れたばかりの恋人を繰り返し思い出す。例えば第1部14章の「完璧な日」で、農村を歩いていて、死にかけた子鹿を目にした作者は、子鹿を農場に運ぶべきか、それとも見付けた場所に戻してやるべきか迷った末、死との戦いを放棄し、肩からその重荷を下ろし、死から距離を置く。そしてその子鹿とともに、母とともに亡くなった元妻アグネーテの面影をも肩から下ろす。作者はまた歩くことの対極として、元妻アグネーテと一軒家に暮らした家庭生活を振り返る。

第2部3章「ランボーの辿った道」で作者はアルチュール・ランボーの生家を訪ねる。パリからランボーの辿った道を逆行し、そこで小さな家で母親と息子の間に起きた場面を想像してから、作者の徒歩旅行は、自身の創作の原点――ものを書くことを望み、飼いならされずに詩的な人生を生きることを望む若者時代へと遡る旅に変容する。北欧を代表する作家へのインタビューを集めたルイシアナ・チャンネルの“My Books are About Language”（私の本は言葉についてだ）で、作者は十五歳から十八歳まで本好きな母親の心を理解したくて、母が好きだったドリス・メイ・レッシング、マリリン・フレンチ、エリカ・ジョングといったいわゆるフェミニスト作家の作品ばかりを読み、なかでも自然や日常の描き方について特にヴァージニア・ウルフの影響を受けていると認めているのだが、3章でフランスのランボーの生家から戻る際、作者は通りで「どこに行くの？」と呼ぶ見知らぬ女性に、自身の母親を重ね合わせる。「家に帰るんだよ」と言う作者にその女性は「でも家ってどこ？　あなたこの辺りの人じゃないでしょう？」と言う。「ノルウェーさ」と答えた作者に向けられた「ノルウェーまで歩いて戻るわけ？」という問いかけに作者は答えず、彼女の横を行き過ぎる。

このように本作では、現在の旅の景色が、過去の記憶を辿る作者の心象風景と混沌と入り交じることで、現実とフィクション（夢）、過去と現在の境が曖昧になっていく詩的で文学的な手法が用いられている。原書では特に前半、旅と歩くこと、人生について主人公が思索を巡らす部分で、自分と読者、また愛した女性達への呼びかけの部分も、ノルウェー語原文では一貫してdu（英語のyou）という表現を使い、誰に呼びかけているのか解釈に幅を持たせ、作者自身と読者、また過去に愛した女性達との視点の境界線さえも敢えてぼんやりさせることで、読者を言葉という魔法で翻弄する。

さらに奇怪な雰囲気は、第1部28章「真夏の夜の夢」の夢でピークに達する。相棒ナルヴェと『真夏の夜の夢』を観覧しながらうとうとと眠ってしまったトマスが目を醒ますと、ナルヴェがトマスにこう言う。「このシェイクスピア劇は、劇場が下らないものであることの証拠だ。だから私は笑い、君は泣く。私達はどちらもここに座って、劇の傍観者になるより、森を駆け回り、愛し合う当事者になりたいはずだ」トマスは答える。「それでも私達に、ある逆説《パラドックス》について考えさせるのが、シェイクスピアだ。それは、私達が傍観者、もしくは参加者になるべきか？　それに私達が挑発され、笑いものにされる時、私達が自分自身の愚かさの目撃者である時、そこに加わるべきか？　ということだ」と。二人の芸術論は、『真夏の夜の夢』になぞらえ、台詞の形式がとられており、まるで二人が劇の登場人物であるかのようで面白い。作者は小説、紀行文、エッセイだけでなく、戯曲といったジャンルの垣根をもひらりと飛び越えてみせる。

本作は訳者が二〇一五年のノルウェー旅行で、ベルゲンの書店員の方に勧めていただいたことで出会った本だが、この度、七年の歳月を経て、日本で紹介する機会を得られ、感慨ひとしおだ。その書店員さんからベルゲンには作家や書店員など本好きの人達が集うコミュニティ（文壇）があり、その方も作者と文学談義にいつも花を咲かせているのだと教えてもらったのだが、本作も作者とナルヴェとの文学談義をはじめ、文学について、また芸術について議論することの面白さを読者である私達に教えてくれる。

作者は多読家で、影響を受けた作家は枚挙にいとまがないようだが、特に本人自ら「プルーストはあまりに私すぎる」という独特の言い回しでプルーストと自身の作風の類似性を認めている。近年の世界文学で最も重要な作品のひとつとされる『わが闘争』シリーズの作者で、トマス・エスペダルの作家学校での教え子でもあるクナウスゴールと二〇一六年のデンマークのルイシアナ文学フェスティバルで対談した際には、クナウスゴールから記憶や時間の描き方が特にプルーストを彷彿させると評され、作者もそれを認めていた。

本作の第1部の後半で、作者はノルウェーを旅しながら、この国から失われていった酪農、農業、破壊されていった自然、廃れていった産業、文化に思いを馳せる。また大き過ぎる家々や、道路にひしめく自家用車を憂い、私達は豊かで便利な暮らしを手に入れたと思っているが、本当に〝豊か〟になったのか、と問う。ノルウェーのアドレッセアヴィーセン紙では、特にこの部分が一九二〇年に『土の恵み』でノーベル文学賞を受賞したノルウェーが誇る大作家ハムスンの放浪者三部作（未邦訳）を思い起こさせるとされている。

　また作者は車や船、電車、飛行機であっという間に移動できる現代に、なぜ敢えて遅い徒歩という手段を選ぶのかを、思索する。歩くのは孤独で過酷な営みだ。歩くのは車や他の交通手段に比べ、遅い。フレドリクスター新聞では「ドラマチックな出来事が自然の描写と同じリズムで展開される」とされている。スタヴァンゲルの夕刊紙で、「この本には目が思わず忙しく文章を追いかけ、気付けば指がページをめくってしまう、引きずり込まれるような刺激的な何かがある。しかし“page turner”という言葉で片付けるのは、本作への冒瀆に思える」、「質の高い文章は、小休止をとりながらゆっくりと作品を味わうよう私達に求める」とされているように、この本を読む行為自体が、目まぐるしい現代社会の中では希有なゆったりとした徒歩旅行のように思える。

　そして自分が車や電車などの交通手段でなく、敢えて歩くという選択をなぜしてきたのか考えた作者は、自分が子どもの頃から促され、指図されるのとは、正反対の生き方をしたいと願ってきたこと、定職に一度も就かず、家も家族も手放し、定収入も入らない作家という仕事を選び、常に自分自身にとってとにかく困難な道を選択してきたことに気が付く。

　作者はまた母親が医療秘書として働いていて、両親共働きの家庭で育った子ども時代を振り返る。芸術とは縁遠い労働者階級の家の出でありながら作家になろうとしたトマス・エスペダルは、工場労働者の家系に生まれ、作家になったトマス・マンによる長編小説『ブッデンブローク家の人びと』を読み、シンパシーを覚え、彼と同じく芸術的アイデンティティの探求というテーマに取り組んできた。お隣デンマークのポリティケン紙のインタビューで作者は執筆も他の仕事と同じように仕事であること、作家であることが実際どれだけ骨の折れることなのかを示し、〝書くことについて書く〟ことをライフワークとしていると答えている。第1部8章の「職に就けていたらよかったのに」でも、新しい仕事の定義、価値を作ろうという非常に現代的で今の日本社会にも通じるテーマが描かれていた。デンマークのルイシアナ現代美術館が運営する芸術情報サイトのインタビューでも、シングル・ファザーとして育児しながら作品を生み出してきたと語る。また「私の本は言葉についてだ」と言い、「作家になるということは周りの人達を傷つけようと、あらゆることについて書くのを厭わないことを意味する。書くことで軋轢が生じる。癒やしなどは得られない。だが読むことで心が慰められ、癒やされることはある。読書する喜びに比べ、書くことには苦しみが伴う。作家というのは基本的に孤独を抱えている。読書をすることで、自分だけでなく他の人も孤独を感じているのだと認識できる」と語る。

第1部13章の「惜別の思いで胸が一杯」では、ノルウェーのメリンゲンに向け、郵便道路を一人、歩いていた作者が、「孤独の起源は言葉に違いない」と思い当たる。そしてその郵便道路がかつては郵便物を徒歩で運搬するのに使われていたことに思いを馳せ、手紙というのは、孤独から解き放たれるためでなく、孤独に封をするために書かれたのではないかと考える。また第1部12章の「孤独の起源」で作者は、ルソーが書くことで、「言葉の森の影の小さな文学に身を隠した」こと、また「他者との絆を求め、絆について考え」、「書くことで敵を作り、書くことで孤立し、孤独になっていった」と語る。

トマス・エスペダルはノルウェーでは、言葉と文学に溢れた人生を生きたいという強い思いを持ち、それゆえ文学について時に歯に衣着せぬ物言いで世間を騒がす一面を持つ作家としても知られている。作者はデンマークのルイシアナ現代美術館のインタビューで、タイプライターで書くことで、手と意識が繋がり、集中力が研ぎ澄まされると語った。医療秘書をしていた母親からもらったタイプライターは作中、繰り返し登場するエスペダル氏のトレードマークと呼べるアイテムだ。

アドレッセアヴィーセン紙では性愛の描写も多いが、その箇所は「ヘンリー・ミラーを彷彿させる」と評されている。

トマス・エスペダルはその作品の翻訳出版が日本語を含む二十五余りの言語で決まっており、またベルリン国際文芸フェスティバルやデンマークのルイシアナ文学フェスティバルに招致されるなど、国際的にも注目されている。ノルウェー国内でも、前述のようにあまたの賞を受賞、現代ノルウェーを代表する作家とされている。昨今のノルウェーの文壇では、クナウスゴールの『わが闘争』（クナウスゴールは日本でも二〇一六年の東京国際文芸フェスティバルに招致された）、Vigdis Hjorth（ヴィグディス・ヨット）の *Arv og miljø*（『生まれか育ちか』未邦訳）といった自伝的小説を巡り近親者から作者がプライバシーの侵害で訴えられる騒動が続いていることから、現実とフィクションの境界線や、作品中でどれだけ個人の生活を世に晒すかについて盛んに議論されているようだが、ノルウェーのテレビ局ＮＲＫの書評でも、本作はそのような現代ノルウェーの自伝小説の代表作とされている。ノルウェー人の日本語翻訳者の知人によると、そのような自伝小説についての議論が盛んなノルウェーでは逆に、古くから文学の欠かせないジャンルとして定着している日本の私小説とは何か、そして私小説が日本の中でどう受容されてきたのかに関心を持つ人もいるようだ。

枇谷玲子

歩くこと、または飼いならされずに詩的な人生を生きる術

2023年2月18日　初版印刷
2023年2月28日　初版発行

著　者　トマス・エスペダル
訳　者　枇谷玲子
発行者　小野寺優
発行所　株式会社河出書房新社
〒151-0051
東京都渋谷区千駄ヶ谷2-32-2
電話 03-3404-1201（営業）
03-3404-8611（編集）
https://www.kawade.co.jp/
組　版　KAWADE DTP WORKS
印　刷　株式会社暁印刷
製　本　加藤製本株式会社

Printed in Japan　ISBN978-4-309-20875-6